해방된 예루살렘

Gerusalemme liberata
by Torquato Tasso

Published by Acanet, Korea, 2017

한국연구재단총서   학술명저번역   598
Academic Library of NRF

해방된 예루살렘

Gerusalemme liberata

토르콰토 타소 지음 | **김운찬** 옮김

아카넷

옮긴이의 일러두기

1. 자주 등장하는 인물은 이탈리아어 이름을 기준으로 표기하였다.
2. 지명은 해당 지역의 언어로 표기하는 것을 원칙으로 하였다. 다만 어디를 가리키는지 불분명한 지역이나 타소가 창작해낸 지역의 경우 이탈리아어 이름을 기준으로 표기하였다.
3. 작품이 길기 때문에 한국어판은 분량에 따라 3권으로 분권하였다.
4. 본문에 달린 주(註)는 모두 옮긴이의 주이다.
5. 차례의 내용은 원서에는 없으나 독자들의 이해를 위해 옮긴이가 각 곡의 줄거리를 요약한 것이다.

한국연구재단의 지원으로 아리오스토의 『광란의 오를란도』에 뒤이어 토르
콰토 타소Torquato Tasso(1544~1595)의 『해방된 예루살렘*Gerusalemme
liberata*』을 우리나라에서 처음으로 번역하여 출판하게 된 것을 기쁘게 생
각한다. 유럽의 르네상스 문학에서 중요한 위치를 차지하고 있음에도 불
구하고 여러 가지 이유로 지금까지 번역되지 않았는데, 뒤늦게나마 우리
나라 독자들에게 선보이게 된 것은 나름대로 의미가 있다고 생각한다. 문
학뿐만 아니라 음악과 미술 분야에서 심심찮게 거론되는 작품이기 때문이
다. 이 작품에 대하여 간접적인 정보만 갖고 있던 독자들에게는 도움이 될
것으로 기대한다.

번역에서는 카레티Lanfranco Caretti(1915~1995)가 편집하고 해설을 붙
여 1971년 에이나우디Einaudi 출판사에서 간행한 판본을 기준 텍스트로
하였다. 그와 함께 토마시Franco Tomasi가 상세한 해설과 함께 편집하여
2009년 리촐리Rizzoli 출판사에서 간행한 판본도 동시에 활용하면서 작
업하였다. 그리고 위커트Max Wickert의 영어 번역본 *The Liberation of
Jerusalem*, Oxford University Press, 2009도 참조하였다.

『해방된 예루살렘』은 전통적인 서사시 형식으로 되어 있고, 따라서 정해진 음절 숫자에 일정하게 반복되는 각운을 맞춤으로써 고유한 리듬과 음악성을 갖고 있다. 하지만 이탈리아어와 한국어 사이의 근본적인 질료 차이로 인하여 그런 운문의 특성과 아름다움을 옮기고 전달하기는 어려웠다. 단지 각 행이 11음절로 되어 있다는 것을 고려하여 최소한 행의 길이를 어느 정도 맞추려고 노력했을 뿐이다. 그러다 보니 행갈이 부분에서 약간 어색하게 나뉜 경우가 있을 것이다. 그렇지만 운문의 특성을 전달하지 못하는 대신 내용에 있어서는 가능한 한 원문에 충실하게 번역하려고 노력하였다.

그리고 『해방된 예루살렘』은 르네상스 시대의 작품이라는 점도 고려해야 한다. 현대의 우리와는 다른 문화적 환경과 감수성을 가진 독자들을 대상으로 한 작품이기 때문에 일부 수사학적 표현이나 서술 방식이 낯설게 보일 수도 있다. 간혹 장황하고 진부해 보이는 곳도 있을 것이다. 하지만 거기에서 새로운 느낌과 감동을 맛볼 수 있으며, 그럴 경우 그것은 색다른 차원으로의 시간 여행 같은 즐거움이 될 것이다.

작품의 이해를 돕기 위해 군데군데 각주를 덧붙였다. 작품에서 언급되는 십자군 전쟁의 역사적 사실에 대해서나 르네상스 시대 이탈리아에서 유행한 기사 문학에서 전통적으로 형성된 인물이나 사건에 대해 간략하게 설명했다. 그런 부연 설명이 일부 독자에게는 상식으로 이미 알고 있는 사실이어서 읽기의 흐름을 방해할 수도 있지만, 중세의 기사 문학에 익숙하지 않은 독자에게는 도움이 될 것으로 기대한다. 그리고 각각의 곡 앞에다 그 내용에 대한 간략한 요약을 덧붙였다.

『해방된 예루살렘』을 번역하기 위해 나름대로 많은 시간과 열정을 기울였지만 여러 가지 면에서 부족하고 미흡한 부분이 있다고 생각한다. 그렇지만 이 작은 결실이 지금까지 우리나라에 알려지지 않은 이탈리아의 고전 작품들을 번역하고 소개하는 데 작은 디딤돌이 되었으면 한다. 그리고 언제나 좋은 책을 만들기 위해 노력하는 아카넷 출판사 가족들에게 감사를 드린다.

2017년 하양 금락골에서
김운찬

제3권 차례

제1권 차례

제5곡

그리스도교 기사들은 두도네의 후계자 자리를 두고 다투며, 악마의 부추김을 받은 제르난도는 리날도를 모욕하고, 격분한 리날도는 제르난도를 죽인 다음 더 큰 불행을 피하기 위해 진영에서 달아난다. 아르미다에게 현혹된 여러 훌륭한 기사들은 그녀를 도와주기 위해 떠난다. 그동안 이집트 함대가 다가오고, 아라비아 도둑들 때문에 해상으로부터 물자 보급이 어려워진다.

제6곡

아르간테는 결투로 전쟁의 성패를 결정짓자고 제안하고, 그리스도 진영에서는 탄크레디가 결투에 응한다. 치열한 싸움으로 두 기사는 부상을 당하고, 그래도 계속되던 결투는 밤이 되어서야 중단된다. 결투를 지켜보던 에르미니아는 부상당한 탄크레디를 치료해주기 위해 클로린다의 갑옷을 입고 그리스도 진영으로 가다가 순찰대에게 발각되어 달아난다.

제7곡

에르미니아는 어느 목동의 가족에게로 피신하고, 탄크레디는 클로린다를 쫓아간다고 믿었으나 에르미니아의 계략에 걸리고, 마법의 성에 다른 기사들과 함께 갇히게 된다. 재개된 결투에 늙은 라이몬도가 나서고, 천사들과 악마들이 개입하고 협정이 깨지면서 두 진영은 전면적 전투로 치닫는다. 악마들이 일으킨 폭풍우에 그리스도 진영은 커다란 피해를 입는다.

제2권 차례

제12곡

밤에 클로린다와 아르간테는 공성 기계를 파괴하러 가려고 한다. 클로린다를 섬기던 환관은 그녀가 그리스도인 왕가 출신임을 알려준다. 탑을 불태우고 성 안으로 피하지 못한 클로린다는 그녀를 알아보지 못한 탄크레디와 싸우다 치명적인 부상을 입고, 세례를 요청하여 받은 다음 죽는다. 절망한 탄크레디는 자결하려 하지만 꿈에 클로린다가 만류한다.

제13곡

마법사 이스메노는 지옥의 악마들을 부르며 근처의 숲에 마법을 걸어 공성 기계의 제작에 필요한 목재를 구하지 못하게 만든다. 용감한 기사들이 시도하지만 숲속의 온갖 유령들을 넘어서지 못하고 두려움에 사로잡혀 돌아온다. 거기에다 끔찍한 가뭄이 그리스도 진영을 괴롭히고, 고프레도가 간곡하게 기도를 올리자 하느님은 비를 내려준다.

제14곡

고프레도의 꿈을 통해 하느님은 리날도만이 숲의 마법을 깨뜨릴 수 있다고 알려준다. 고프레도는 리날도를 찾기 위해 카를로와 우발도를 전령으로 보낸다. 아스클론의 마법사는 전령들에게 아르미다가 마법으로 리날도를 사로잡아 멀리 떨어진 '행운의 섬들'로 데려갔다고 알려준다. 그리고 어떻게 리날도에게 갈 수 있는지 자세하게 방법을 입는다.

제15곡

전령들은 포르투나의 날렵한 배를 타고 서쪽으로 지중해를 가로질러 가고, 지브롤터 해협을 지나 대서양에 있는 '행운의 섬들'로 간다. 섬들 중 하나의 산꼭대기에 있는 마법의 성에 리날도가 아르미다에게 사랑의 포로가 되어 있다. 아스클론의 마법사가 가르쳐준 대로 전령들은 온갖 괴물과 유혹을 물리치고 마침내 아르미다의 성에 도달한다.

떠오르는 멋진 햇살이 벌써 지상에   1
사는 모든 동물을 일터로 불렀을 때,
현명한 노인은 두 기사에게 지도와
방패와 황금 지팡이를 가지고 갔다.
"이제 솟아나는 하루가 더욱 높이
솟기 전에 중요한 여행을 준비해요.
내가 약속한 것들이 여기 있는데,
이게 마녀의 마법을 이길 것이오."

그들은 벌써 일어나 튼튼한 몸에   2
이미 갑옷을 입고 있었기 때문에,
날이 밝기도 전에 곧바로 노인을
따라 길을 갔으며, 처음에 오면서
남겨둔 발자국을 이제 그대로
다시 밟으며 되돌아갔다.

강바닥[1]에 도착하자 노인은 말했다.
"친구들, 작별합시다. 잘 가시오."

강은 그를 품 안에 안았고 강물은   3
마치 억지로 아래로 떨어져 잠긴
가벼운 잎사귀를 밀어 올리는 듯이
그들을 부드럽게 위로 밀어 올렸고,
부드러운 강기슭 위로 올려놓았다.
거기서 약속된 안내자를 보았는데,
그들을 안내해줄 운명의 여인은
자그마한 배의 고물에 서 있었다.

그녀는 긴 머리 이마와 온화하고   4
평온하고 우호적인 눈길을 보였고,
수많은 빛으로 타오르고 반짝이는
모습에서 천사들과 비슷해 보였다.
옷은 때로는 파랑, 때로는 빨강으로
보이며 수많은 색깔들로 바뀌었고,
몇 번이든지 다시 바라볼 때마다
항상 전과 다른 모습으로 보였다.

마치 때로는 부드럽고 사랑스러운   5

1   처음에 기사들과 만났던 곳을 가리킨다. (제14곡 33연 참조)

비둘기가 목에 두르고 있는 색깔이
항상 똑같은 색깔이 아니라 햇살에
서로 다른 색깔로 물드는 것 같아
때로는 목덜미가 붉은 루비 같고,
때로는 녹색 에메랄드 빛깔 같고,
때로는 한데 뒤섞여 보는 사람을
다채롭게 기쁘게 하는 것 같았다.

그녀는 "들어와요, 행복한 자들이여.   6
이 배로 안전하게 대양에 갈 테니,
모든 바람이 순풍이고, 모든 폭풍이
평온하고, 모든 무거운 짐이 가벼워요.
호의에 인색하지 않는 내 주인님[2]은
나를 집행자와 안내자로 삼으셨지요."
여인은 그렇게 말했고 작은 배[3]를
강변으로 더욱 가까이 접근시켰다.

두 기사가 배에 올라타자 그녀는   7
강변에서 멀어지면서 닻을 올렸고,
불어오는 바람에 돛을 활짝 펼치고

---

2   하느님.
3   원문에는 il curvo pino, 직역하자면 "구부정한 소나무"로 되어 있는데, 소나무 목재로 만
    든 배를 가리킨다.

자신이 키를 잡고 항로를 잡았다.
이제 부풀어 오른 강물은 배들을
자기 등에 쉽게 띄울 수 있었지만,
이 배는 가벼워서 최근 내린 비에
덜 부푼 다른 강에도 뜰 정도였다.

바람은 일반적으로 그런 것보다   8
빠르게 돛을 바닷가로 밀었으며,
하얀 거품들로 반짝이는 강물이
뒤에서 부서지는 소리가 들렸다.
벌써 강이 흐르는 강물을 더욱
널따란 바닥에 조용히 잠재우며,
방대한 바다의 소용돌이 속으로
사라지고 없어지는 곳에 이르렀다.

그 경이로운 배가 요동치고 있던   9
해변의 가장자리에 도착하자마자
구름들이 사라졌고, 어두운 해변을
위협하던 무서운 북풍이 멈추었고,
가벼운 바람이 파도들을 잠재웠고,
푸른 수면에는 잔물결만 일었으며,
하늘은 어느 때보다 더 밝아지며
부드럽고 청명하고 환하게 웃었다.

배는 아스클론을 지나 왼쪽으로   10
서쪽을 향하여 계속 나아갔으며
바로 가자에 가까이 이르렀는데,
그곳은 옛날에 가자의 항구였고
이전의 폐허 위에 다시 세워져서
훨씬 크고 강한 도시가 되었으며,
당시 해변에는 마치 모래알처럼
수많은 사람들이 가득 차 있었다.

뭍으로 시선을 돌린 항해자들은   11
무수하게 많은 천막들을 보았고,
많은 기사들과 보병들이 도시에서
항구로 가거나 오는 것을 보았고,
짐을 실은 낙타들과 코끼리들은
모래 오솔길을 짓밟으며 다녔고,
항구의 움푹한 곳에 배들이 닻에
묶여 고정되어 있는 것을 보았다.

어떤 배들은 돛을 펼쳤고, 다른   12
배들은 날렵한 노를 빨리 저었고,
노들과 이물⁴에 부딪치는 부드러운

---

4   원문에는 rostro로 되어 있는데, 특히 전투용 배들의 이물 끝에 금속으로 덧대어 충격에 견
     디게 만드는 장치를 가리킨다.

바닷물이 사방에서 거품을 냈다.
그러자 여인이 말하였다. "해변과
바다가 사악한 자들로 가득하지만,
강력한 폭군[5]은 아직 모든 부대를
한군데 모아놓은 것이 아니랍니다.

단순히 이집트 왕국과 그 주변에서   13
저들을 모았고, 방대한 그의 제국은
동쪽과 남쪽으로 널리 퍼져 있어서
이제 더 먼 곳에서 기다리고 있소.
그러니 그나, 아니면 그 대신 자기
군대의 최고 대장이 될 다른 자가
부대를 다른 곳으로 옮기기 전에
우리가 먼저 돌아오기를 희망합니다."

그렇게 말하는 동안 마치 독수리가   14
다른 새들 사이로 안전하게 날면서
어떤 눈도 더 이상 바라볼 수 없게
태양 가까이 높게 날아가는 것처럼,
그녀의 배는 배들 사이로 날아가듯
나아갔고, 아무도 세우거나 따르지
않았기에 걱정이나 염려도 없었고,

5   이집트의 왕.

그 배들에게서 멀어지고 사라졌다.

그리고 순식간에 라파[6]에 도착했는데,　　　　　　　　　　15
이집트에서 출발한 사람이 시리아에서
맨 처음 만나는 도시이며, 거기에서
너무나 황량한 아리시[7]에 도착한다.
멀지 않은 곳에 산이 하나 보였는데
오만한 머리를 바다 위로 내밀고
요동치는 파도에다 발을 씻으면서
폼페이우스[8]의 유해를 감추고 있다.

다음에 다미에타[9]가 보였고, 어떻게　　　　　　　　　　16
나일 강이 유명한 일곱 개의 문과
수많은 작은 하구들을 통해 바다에
강물[10]을 조공으로 바치는지 보였다.
그리고 강력한 그리스인이 그리스

6　라파(아랍어 이름은 رفح)는 가자 지구 남쪽에 있는 도시이다.
7　아리시(아랍어 이름은 العريش)는 이집트 시나이 반도의 북부 지중해의 항구 도시이다.
8　폼페이우스Gnaeus Pompeius Magnus(기원전 106~48)는 고대 로마의 장군이자 정치가로
　　카이사르와 대립하여 패배한 후 이집트로 갔으나 배신으로 살해당했다. 루카누스의 『파르
　　살로스』 제8권 536행 이하에 의하면 폼페이우스의 유해는 이집트와 아라비아의 경계에 있
　　는 카시우스Casius(이탈리아어 이름은 카시오Casio) 산에 묻혔다고 한다. 하지만 그곳이
　　구체적으로 어디인지 확인하지 못했다.
9　Damietta(아랍어 이름은 دمياط). 이집트 나일 강 델타 동쪽에 있는 도시이다.
10　원문에는 celesti umori, 직역하자면 "하늘의 습기"로 되어 있는데, 하늘에서 내린 빗물을
　　가리킨다.

주민을 위해 세운 도시[11]를 지나갔고,
전에는 해안에서 떨어져 있었으나
지금은 연결된 등대[12]를 지나갔다.

멀리 북쪽으로 로도스와 크레타[13]는   17
보이지 않았으며, 내륙에 괴물들과
불모의 모래밭만 있는 아프리카의
비옥하고 경작된 해안을 따라갔다.
마르마리카[14]를 스치면서, 키레네가
다섯 도시를 가진 곳[15]을 지나갔다.
프톨레마이데를 보았으며, 잠잠한
파도의 환상적인 레테[16] 강을 보았다.

먼바다로 나간 배는, 뱃사람들에게   18

---

11 알렉산드로스 대왕("강력한 그리스인")이 세운 이집트의 도시 알렉산드리아.

12 고대 알렉산드리아의 작은 섬 파로스에 세워졌다고 전해지는 방대한 규모의 등대로 소위 7대 불가사의 중의 하나로 꼽힌다. 파로스는 원래 섬이었으나 육지와 연결되었다고 한다.

13 그리스 에게 해에 있는 섬들이다.

14 Marmarica. 고대 지리에서 아프리카 북부 이집트와 리비아 사이의 해안 지역이었다.

15 기원전 7세기 무렵 그리스인들은 리비아의 동부 지역에 식민지 키레나이카Cyrenaica를 세웠는데, 그중에서 가장 번창한 도시가 키레네Cyrene였다. 나머지 네 개 도시의 이름은 아폴로니아Apollonia, 프톨로마이데Ptolomaide, 아르시노에Arsinoe, 베레니케Berenice였다.

16 레테 또는 레톤Lethon 강은 베레니케(현재의 벵가지) 근처로 흐르다가 어느 동굴로 들어가는 강이었다고 한다. 그리스 신화에서 레테 강은 저승에 흐르는 강으로 지상에서의 삶을 잊게 해주는 강으로 널리 알려졌다.

위험한 시드라[17] 만을 해안 쪽으로,

또 케팔라이 곶[18]을 뒤에 남겨두었고,

그 다음에 마그라[19] 하구를 지나갔다.

트리폴리가 해안에 보였고, 맞은편에

몰타가 낮은 파도들 사이에 있었고,[20]

다른 시드라[21]와 함께 로토파고이[22]의

거주지였던 제르바가 뒤에 남았다.

그리고 만의 양쪽 끝에 산[23]이 있는   19

구부정한 해안의 튀니스[24]가 보였는데,

더 많이 알려진 리비아가 가진 것에

비하여 풍부하고 명예로운 도시이다.

그 바로 맞은편에 시칠리아가 있고

---

17 시드라Sidra 만은 리비아 북부의 지중해 연안에 있는데, 바닥이 얕아 항해에 위험했다고 한다. 고대에는 라틴어로 '큰 시르티스Syrtis Maior'로 불렀다.

18 원문에는 "주데카 곶capo di Giudeca"으로 되어 있는데, 고대인들이 케팔라이Cephalae(이 탈리아어 이름은 체팔레Cefale) 곶이라 불렀던 시드라 만 동쪽의 곶으로 짐작된다.

19 마그라Magra 강은 트리폴리 근처를 흐르는 강이라고 하는데, 구체적으로 확인하지 못했다.

20 몰타는 트리폴리 북쪽 지중해의 시칠리아에 가까이 있다.

21 튀니지 동쪽 해안에 있는 가베스Gabes 만을 가리키는데, 라틴어 이름은 '작은 시르티스 Syrtis Minor'였다.

22 '로토스를 먹는 사람들'이라는 뜻으로, 그리스 신화에 등장하는 전설적인 부족인데 가베스 만에 있는 제르바(아랍어 이름은 جربة) 섬에 거주한다고 믿었다.

23 튀니스 만의 동쪽 끝은 프랑스어로 봉 곶Cap Bon(아랍어 이름은 الرأس الطيب)으로 시칠리아 맞은편에 있고, 서쪽 끝은 프랑스어로 블랑 곶Cap Blanc(아랍어 이름은 الرأس الأبيض)으로 아 프리카에서 가장 북쪽에 있다.

24 튀니스(아랍어 이름은 تونس)는 튀니지의 수도이다.

커다란 릴리베오[25]가 앞에 솟아 있다.
이제 거기에서 여인은 두 기사에게
카르타고[26]가 있었던 장소를 가리켰다.

위대한 카르타고는 무너졌고, 위대한   20
폐허의 흔적만 해변에 남아 있었다.
도시들은 죽고 또 왕국들도 죽으며,
모래와 풀이 화려한 것들을 뒤덮고,
인간은 죽어야 하는 것이 싫구나.[27]
탐욕스럽고 오만한 우리 마음이여!
이어 비제르테[28]에 도착했고, 오른쪽
멀리 사르데냐인들의 섬이 보였다.

그리고 누미디아[29] 사람들이 예전에   21
유목 생활을 하던 해안을 지나갔다.
악명 높은 해적들의 소굴 베자이아와

---

25 Lilibeo. 시칠리아 서쪽 끝의 고대 도시로 현재의 마르살라 근처이며, 남서쪽의 튀니스와
가까운 거리에 있다.

26 Carthago. 고대 포이니키아 사람들이 튀니스 근처에 세웠던 식민지로 포에니 전쟁에서 로
마에 패배하여 멸망했다.

27 원문에는 d'esser mortal par che si sdegni, 직역하면 "죽어야 한다는 것을 경멸하는 것처
럼 보인다."로 되어 있다.

28 비제르테(아랍어 이름은 بنزرت)는 튀니스 북서쪽 해안의 도시이다. 거기에서 북쪽에 사르데
냐 섬이 있다.

29 Numidia. 알제리 북부에 해당하는 고대의 지명으로 나중에 로마의 속주가 되었다.

알제가 보였고, 앞에 오랑이 있었다. 30

사자들과 코끼리들을 많이 양육하며

오늘날의 모로코 왕국과 페스31 왕국인

탕헤르32의 해변을 스쳐 지나갔으며,

맞은편에 있는 그라나다33를 지나갔다.

헤라클레스34가 만들었다는 땅 사이로   22

바다가 넘치는 곳에 벌써 이르렀는데,

예전에는 이어진 해변이 큰 지진으로

둘로 갈라졌다는 것이 사실일 것이다. 35

그곳으로 대양이 밀고 들어왔고, 파도가

칼페와 아빌라36를 이쪽저쪽으로 밀었고,

---

30 베자이아Béjaïa는 알제리 북동부 해안의 도시이고, 알제Algiers는 현재 알제리의 수도로
    베자이아 서쪽에 있고, 더 서쪽에 오랑Oran이 있다.

31 페스Fes는 현재 모로코에서 세 번째로 큰 도시로 탕헤르 남쪽에 있다.

32 원문에는 "탄기타나Tangitana"로 되어 있는데, 오늘날 모로코의 수도 탕헤르Tánger를 중
    심으로 하는 지브롤터 해협 근처를 가리킨다.

33 Granada. 스페인 남부 안달루시아 지방의 도시로 지브롤터 해협에 가까이 있다.

34 원문에는 Alcide, 즉 "알키데스"로 되어 있는데, 할아버지 알카이오스의 이름을 따서 그렇
    게 부르기도 했다. 헤라클레스가 열두 과업을 수행하던 중에 지브롤터 해협 양쪽에 소위
    헤라클레스의 기둥을 세웠다고 한다.

35 지브롤터 해협이 원래 연결되어 있었으나 커다란 지진으로 분리되었다는 말이 아마 사실
    일 것이라는 뜻이다.

36 헤라클레스는 해협의 양쪽 산에 기둥을 세웠는데, 스페인 쪽은 아빌라Abila, 모로코 쪽은
    칼페Calpe 산이었다고 한다. 아빌라는 세우타에 있는 해발 204미터의 아초Hacho 산을 가
    리키고, 칼페는 모로코의 해발 839미터의 제벨 무사Jebel Musa(아랍어 이름은 جبل موسى) 산
    이다. 제벨 무사는 '모세의 산'이라는 뜻인데, 『성경』에서 자주 언급되는 시나이 산을 가리
    키기도 한다.

스페인과 리비아가 좁은 하구로 나뉘니
오랜 세월은 많은 것을 바꿀 수 있다!

배가 강변에서 떠난 후로 수평선에   23
태양이 네 번 나타났는데, 항구에는
필요 없었으니, 전혀 들르지 않았고
벌써 상당히 많은 길을 갔던 것이다.
이제 해협으로 들어갔으며, 그 좁은
통로를 지나 무한한 바다[37]로 들어갔다.
이곳 땅이 그 넓은 바다[38]를 감쌌다면
땅이 품지 않은 곳은 얼마나 넓을까?

높은 파도 사이에서 비옥한 카디스와   24
다른 두 가까운 섬은 보이지 않았고,[39]
모든 땅과 해안들이 멀어졌고, 하늘과
바다는 각자 서로의 경계선이 되었다.
우발도가 말했다. "우리를 안내하는
여인이여, 이 끝없는 바다에 누군가
온 적이 있고, 우리가 가는 더 앞의

---

37 대서양.

38 지중해를 가리킨다.

39 카디스Cádiz(이탈리아어 이름은 카디체Cadice)는 스페인 남서부의 항구 도시로 지브롤터
해협 북서쪽에 있다. "다른 두 가까운 섬"은 아마 스페인 동쪽 지중해에 있는 피티우사스
제도Islas Pitiusas의 이비사Ibiza 섬과 포르멘타라Formentara 섬을 가리키는 것으로 짐작
된다.

세상에는 사람들이 살고 있는지요?"

그녀는 "헤라클레스는 스페인 지역과   25
리비아의 괴물들을 죽였고,[40] 지중해의
모든 해변을 둘러보고 정복한 뒤에
감히 대양을 탐험하려고 하지 않고
경계를 표시했고, 아주 좁은 공간에
인간 재능의 대담함을 제한하였지만,
오디세우스는 보고 알고 싶은 욕망에
그가 세워놓은 표시를 무시했답니다.[41]

그는 기둥을 넘어갔고 넓은 바다를   26
향해 대담한 항해의 노를 펼쳤지만,
바다에 노련했어도 소용이 없었으니
탐욕스런 대양이 그를 집어삼켰으며,
그의 육신과 함께 그 커다란 모험은
아직 사람들이 모르게 덮여 있다오.

---

40 헤라클레스는 주어진 과업 중의 하나로 세상의 서쪽 끝에 있는 헤스페리데스의 정원에서
황금 사과를 지키던 드래곤을 죽였고, 머리 세 개를 가진 괴물 게리온 또는 게리오네스를
죽였다.

41 헤라클레스가 더 이상 넘어가지 말라는 표시로 기둥을 세웠지만, 오디세우스가 대담하게
그곳을 넘어 대서양으로 갔다가 빠져죽었다는 이야기는 단테에 의해 시작되었다.(『신곡』,
「지옥」 제26곡 참조) 단테에 의하면 그것은 "세상과 인간의 모든 악덕과 가치에 /
대해 완전히 알고 싶은 내 가슴속의 / 열망"(「지옥」 제26곡 97~99행. 김운찬 옮김, 열린책들,
214쪽) 때문이었다고 한다.

혹시 누군가 바람에 억지로 갔더라도
돌아오지 못하거나 거기서 죽었지요.

이 거대한 바다는 알려지지 않았고   27
수많은 섬들과 왕국들이 숨어 있고,
땅에는 사람들이 없는 것이 아니라
그대들의 땅과 마찬가지로 비옥하고
생산에 적합하며, 태양이 불어넣는
유익한 힘들이 황량한 것도 아니오."
우발도는 다시 "그 감춰진 세상의
법률과 숭배는 무엇인지 말해주오."

그녀는 덧붙였다. "상이한 지역들에   28
상이한 의례와 습관, 언어가 있지요.
일부는 동물, 일부는 위대한 공통의
어머니, 일부는 해와 별을 섬기지요.
식탁을 사악하고 불경스럽게 역겨운
음식들로 가득 채우는 자도 있어요.
간단히 말해 칼페 이쪽의 사람들은
사악한 믿음과 풍속으로 야만인이오."

기사가 여인에게 물었다. "그러니까   29
말씀을 밝히러 내려오신 하느님께서
세상의 이렇게 커다란 지역에서는

진리의 모든 빛을 가리시는 것이오?"
그녀는 "아니라오. 베드로의 믿음과
모든 문명적 풍습이 도입될 것이고,
그들과 당신들 사이의 길은 언제나
그렇게 멀리 떨어져 있지 않으리다.

헤라클레스의 표시들이 아마 근면한   30
뱃사람들에게 전설이 될 때가 오고,
이름 없고 먼바다와 아직 당신들이
모르는 왕국이 알려지게 될 것이오.
그러면 가장 용감한 배가 바다에
둘러싸인 곳을 항해하고 탐험하며
의기양양하게 태양을 모방하면서
엄청나게 큰 지구를 측정할 것이오.

한 리구리아 사람[42]은 미지의 항로에   31
대담하게 처음으로 도전할 것이며,
위협적으로 부는 바람의 흔들림도,
적대적인 바다도, 위험한 기후도,
다른 어떤 위험하고 놀라운 것도

---

42 다음 연에서 밝히듯이 아메리카를 발견한 크리스토퍼 콜럼부스(이탈리아 이름은 크리스토
    포로 콜롬보Cristoforo Colombo)이다. 그는 이탈리아 북서부 해안 리구리아Liguria 지방의
    제노바Genova에서 태어났다.

두렵고 위험하다고 생각하지 않고,
용감한 그는 좁은 아빌라의 금지[43]에
커다란 마음을 가두지 않을 것이오.

콜럼부스여, 그대는 새로운 세상을   32
향해 행운의 돛을 멀리 펼칠 것이고,
수많은 눈과 깃털을 지닌 배고픔이
간신히 눈으로 항해를 따를 것이오.
헤라클레스와 바쿠스[44]가 노래하고,
후손에게는 약간의 암시로 충분하니,
그 약간이 매우 합당한 시와 역사의
기다란 기억을 제공하게 될 것이오."

그렇게 말했고 파도의 길을 따라서   33
서쪽으로 달리다가 남쪽으로 돌았고,
앞에서 어떻게 태양이 지는지, 뒤에서
어떻게 날이 다시 태어나는지 보았다.
그리고 아름다운 새벽이 주위에다
빛살과 이슬을 널리 뿌리는 무렵에
멀리에서 어두운 산이 구름 사이에
머리를 감추고 그들 앞에 나타났다.

43 지브롤터 해협의 경계선.
44 헤라클레스와 디오니소스(로마 신화에서는 바쿠스)는 모두 긴 여행으로 유명하다.

그리고 앞으로 점점 나아감에 따라   34
모든 구름은 벌써 사라져버렸으며,
마치 뾰족한 피라미드처럼 가운데는
불룩하고 꼭대기 쪽으로 가늘었고,
엔켈라도스의 어깨 위에 있는 산[45]이
고유의 속성으로 낮에 연기를 뿜고
밤에는 불꽃으로 하늘을 밝히듯이,
그렇게 때로는 연기를 뿜고 있었다.

그리고 덜 가파르고 덜 높은 다른   35
산들과 섬들이 동시에 나타났는데,
그곳이 바로 '행운의 섬들'이었으니,
옛날 시대에 그렇게 부른 이유는
우호적인 하늘 덕택에 갈지 않아도
거기에서는 땅이 저절로 생산하고
경작되지 않은 포도나무들이 좋은
포도를 맺었다고 믿었기 때문이다.

거기서는 올리브가 헛되이 피지 않고   36
꿀이 참나무 구멍에서 나온다고 하고,
산에서는 달콤한 물과 함께 강들이
부드러운 속삭임으로 아래로 흐르고,

45 시칠리아의 에트나 화산을 가리킨다. 엔켈라도스에 대해서는 제6곡 23연의 역주 참조.

미풍과 이슬이 여름 햇살을 부드럽게
조절하여 열기가 전혀 뜨겁지 않고,
축복받은 영혼들의 유명한 거주지와
엘리시온 들판[46]이 여기 있다고 한다.

그 섬에 이르렀으며 여인은 말했다.   37
"이제는 여행의 끝이 멀지 않았군요.
유명하고 불확실한 명성으로 알려진
행운의 섬들을 이제 보게 될 것이오.
비옥하고 아름답고 행복한 섬이지만
진실에 거짓도 많이 덧붙어 있지요."
그렇게 말하면서 열 개의 섬들 중에
첫 번째 섬에 아주 가까이 다가갔다.

그러자 카를로가 말했다. "여인이어,   38
만약 안내하는 큰 임무가 허용한다면,
이제 육지에 발을 디디도록 해주고,
저 미지의 해변들을 보고, 사람들과
그들 믿음의 숭배와 모든 것을 보고,
그래서 내가 본 것들을 사람들에게

---

46 엘리시온 또는 엘레시온 들판(고대 그리스어로는 Ἠλύσιον πεδίον)은 고대 그리스인이 상
상한 낙원으로 호메로스는 육지의 서쪽 끝 오케아노스 옆에 있다고 했다. 헤시오도스 시대
부터 그곳은 바로 '행운의 섬'으로 일컬어졌다.

이야기하며 '내가 보았어요!' 말하면
현명한 사람이 부러워하게 해주오."

그녀는 대답했다. "사실 그대 요구는   39
매우 합당하지만, 만약 그 멋진 욕망에
하늘의 엄격하고 범할 수 없는 법령이
금지하면 내가 어떻게 할 수 있겠소?
하느님께서 위대한 발견으로 정하신
모든 시간이 아직 흐르지 않았으며,
그대들이 깊은 대양의 진짜 소식을
세상에 가져가게 허락하지 않는다오.

그대들이 은총으로 뱃사람의 기술과   40
경험을 넘어서 대양에 온 것은, 갇힌
기사가 있는 곳에 가서 그를 세상의
다른 곳으로 데려가기 위해서랍니다.
그것으로 충분하고, 더 바라는 것은
오만해지고 운명에 대립하는 것이오."
그리고 침묵하였고, 벌써 첫째 섬이
낮아지고, 둘째 섬은 솟는 것 같았다.

그녀는 동쪽을 향하여 길게 늘어선   41
모든 섬들을 보여주면서 나아갔는데,
각 섬들 사이에 펼쳐져 있는 바다의

공간은 서로 거의 비슷한 넓이였다.
일곱 개 섬에서 거주하는 사람들의
집과 경작지, 다른 표시들이 보였고,
섬 세 개는 황량했고, 산과 숲에는
동물들의 안전한 소굴들이 있었다.

황량한 섬 중 하나의 숨겨진 곳에   42
해안선이 굽어 있고 밖으로 두 개의
널찍한 뿔[47]이 돌출되었고 그 안에는
널찍한 장소가 있으며, 먼바다에서
오는 파도의 앞뒤를 부수며 밀어내는
암초 하나가 항구를 이루고 있었다.
이쪽과 저쪽에 절벽 두 개가 탑처럼
솟아나 뱃사람들에게 표식이 되었다.

안에서는 바다가 평온하고 잠잠했고   43
위에는 검은 숲이 둥글게 드리웠고,
숲 한가운데에 달콤한 물과 그림자,
담쟁이덩굴로 아늑한 동굴이 있었다.
여기에서 피곤한 배들은 밧줄이나
다른 것으로 묶지 않아도 되었다.
여인은 그 외지고 평온한 곳으로

47 일종의 작은 곶처럼 돌출된 땅을 가리킨다.

들어갔으며 펼쳤던 돛들을 감았다.

그런 다음 말했다. "저 커다란 산의   44
꼭대기에 있는 높은 건물을 보아요.
음식과 나태와 놀이와 나약함 속에
그리스도인 기사[48]가 저기에 있어요.
그대들은 솟아나는 태양의 안내와
함께 저 오르막길로 가야 하는데,
서둘러야 해요. 아침 시간 이외에는
모든 시간이 위험할 테니까 말이오.

아직 비추는 햇살과 함께 그대들은   45
충분히 꼭대기까지 갈 수 있으리다."
고귀한 안내자와 작별을 한 그들은
열망하던 해변에 걸음을 내디뎠고,
꼭대기까지 가는 길을 발견했는데
발이 지치지 않을 정도로 평이했고,
도착하였을 때 포이보스의 마차는
아직 대양에서 멀리 떨어져 있었다.[49]

48 리날도.
49 포이보스는 그리스 신화에서 태양의 신 아폴론의 별명이며, 태양이 수평선 너머로 지려면
아직 멀었다는 뜻이다.

절벽과 바위들 사이로 아주 높은   46
꼭대기로 올라가는 길을 보았는데,
거기까지 길에는 온통 눈과 서리가
흩어졌고, 위에는 꽃과 풀이 있었다.
하얀 턱수염 옆에서 녹색 머리칼이
무성하고, 얼음이 백합과 부드러운
장미와 사이좋게 있었으니, 그렇게
마법의 기술은 자연을 능가하였다.

두 기사는 산 아래의 그늘에 덮이고   47
야생적이며 외진 장소에서 멈추었다.
황금 빛살의 영원한 샘물인 태양은
새로운 빛으로 하늘에 선을 그었다.
"자, 빨리!" 둘은 외치며 대담하고
준비된 의욕으로 다시 출발하였다.
하지만 어디에선가 무섭고 괴상한
괴물이 미끄러지듯 가로질러 왔다.

끔찍한 황금빛 비늘에 덮인 머리와   48
볏을 들었고, 분노에 목이 부풀었고,
눈이 불타올랐고, 배 아래에다 모든
길을 덮었고, 독액과 연기를 뿜었고,
몸을 끌어당겼다가 매듭진 똬리를
펼쳤다 하면서 앞과 뒤로 움직였다.

그렇게 수비하는 곳에 나타났지만,
기사들은 발걸음을 늦추지 않았다.

카를로는 검을 들고 뱀을 공격했고   49
동료가 외쳤다. "뭐 해? 뭐 하냐고?
그런 무기와 손의 힘만으로 저렇게
지키는 뱀을 이길 것이라고 생각해?"
그는 불멸의 황금 지팡이를 흔들었고
그러자 뱀은 쉭 하는 소리를 듣더니
그 소리에 놀라 재빨리 달아나면서
길을 터주고 어디론가 숨어버렸다.

조금 위에서는 사나운 사자가 길을   50
막고 포효하며 사납게 노려보았고,
털을 곤추세우고, 탐욕스러운 입의
무서운 목구멍을 커다랗게 벌렸고,
꼬리를 휘두르며 분노에 불탔지만,
황금 지팡이를 보여주자마자 바로
비밀스러운 공포에 가슴과 분노와
오만함이 얼어붙으며 달아나버렸다.

두 기사는 계속해서 빠르게 갔지만   51
호전적인 동물들의 가공스런 무리가
다양한 소리들과 다양한 움직임들,

다양한 모습으로 앞을 가로막았다.
나일 강과 아틀라스 산맥 사이에서
떠돌아다니는 모든 난폭한 괴물과
헤리크니아 숲과 히르카니아[50] 숲의
모든 짐승이 여기 모인 것 같았다.

하지만 그렇게 난폭하고 큰 무리도   52
그들을 막거나 물러나게 하지 못했고,
놀라운 기적으로 지팡이의 순간적인
모습과 작은 소리에 모두 달아났다.
두 기사는 이제 아무런 방해 없이
당당하게 산의 등성이로 나아갔고,
단지 가파른 길의 험준함과 추위가
그들의 걸음을 늦추게 했을 뿐이다.

하지만 그들은 벌써 추위를 넘었고   53
험준하고 가파른 길을 넘어섰으며,
부드러운 여름날의 따스한 하늘과
산 위의 널찍한 평지를 발견했다.
거기에는 향기롭고 신선한 미풍이

---

50 헤리크니아 숲(라틴어로 Hercynia Silva)은 고대에 라인 강에서 게르마니아 지방 남서부로 펼쳐진 방대한 숲으로 '검은 숲'이라 부르기도 했다. 히르카니아(라틴어로 Hyrcania)는 고대에 카스피 해 남쪽 부근에 있었던 왕국이다.

언제나 변함없이 불고 있었으며,
다른 곳처럼 태양이 가면서 그런
숨결을 깨우거나 잠재우지 않았다.

또 다른 곳처럼 그곳에서는 추위와   54
더위, 흐림과 맑음이 바뀌지 않았고,
하늘은 언제나 순백의 찬란함으로
치장하고 뜨겁거나 춥지 않았으며,
풀밭과 풀들, 풀과 꽃, 꽃과 향기,
나무들의 영원한 그림자를 길렀다.
호수 옆에는 멋지게 장식된 궁전이
주위 산과 바다 위로 솟아 있었다.

기사들은 높고 가파른 오르막길로   55
약간 피곤해지고 지쳤다고 느꼈고,
그래서 천천히 발걸음을 옮기거나
멈추면서 꽃이 피어난 길을 갔다.
그때 마른 입술을 적시게 유혹하는
샘물이 높은 바위로부터 풍부하게
떨어졌고, 수없이 많은 물방울들을
흩뿌리면서 풀잎들을 흠뻑 적셨다.

하지만 녹색 기슭들 사이에서 물은   56
깊은 수로 안으로 모두 모여들었고

영원한 녹음의 그림자들 아래에서
맑고 시원하게 졸졸거리며 흘렀고,
너무 투명하여 깊은 바닥의 어떤
아름다움도 전혀 감추지 않았으며,
그 기슭 위로 높다란 풀들이 있어
시원하고 부드러운 의자가 되었다.

"저것이 웃음의 샘물이고 치명적인   57
위험을 안에 담고 있는 개울이구나.
이제 여기서 우리 욕망을 억제하고
아주 신중하게 행동할 필요가 있어.
유혹적인 거짓 즐거움의 달콤하고
사악한 이 노래에 우리의 귀를 막고,
이 멋진 개울이 널찍한 곳으로 흘러
호수를 이루는 곳까지 가도록 하세."

그곳 호숫가에는 진귀하고 맛있는   58
음식들로 잘 차려진 식탁이 있었고,
재잘대며 유혹적인 아가씨 두 명이
장난을 하며 맑은 물을 향해 갔고,
얼굴에 물을 뿌리고, 정해진 목표에
누가 빨리 도착하는지 시합을 했다.
때로는 물에 뛰어들어 잠수했다가
한참 후에 등과 머리를 드러냈다.

벌거벗고 아름다운 그 아가씨들은   59
두 기사의 강한 마음을 움직였고,
그래서 멈춰 바라보았고, 그녀들은
자신들의 즐거운 장난을 계속했다.
그러다 한 명이 일어났고 젖가슴과
눈을 즐겁게 하는 곳을 드러냈으니,
가슴 위로는 모조리 드러나 보였고
물이 다른 부분을 베일처럼 감췄다.

마치 샛별이 이슬 같은 물방울들을   60
떨어뜨리며 파도에서 솟아오르거나,
또는 사랑의 여신이 바다의 비옥한
거품에서 태어나며[51] 모습을 드러내듯,
그렇게 그녀는 나타났고 금발머리는
투명한 물방울들을 뚝뚝 떨어뜨렸다.
그러다 눈을 돌렸고, 그제야 마치
두 기사를 본 척 자기 몸을 가렸다.

그러자 머리 위로 하나의 매듭으로   61
묶은 머리카락이 순식간에 풀어졌고
아주 길고 숱 많은 머리가 흘러내려

---

51 그리스 신화에 나오는 사랑의 여신 아프로디테는 거세당한 우라노스의 남근이 바다에 떨
    어져 만들어진 거품에서 탄생했다고 한다.

황금 베일로 부드러운 상아[52]를 감쌌다.
오, 얼마나 아름다운 모습을 가렸는지!
하지만 가려진 모습 또한 아름다웠다.
그렇게 물과 머리칼에 가려진 그녀는
즐겁고 부끄러워하듯이 몸을 돌렸다.

그녀는 웃었고 동시에 빨개졌으며,   62
빨개짐 속에 웃음은 더 아름다웠고
웃음 속에서 빨갛게 물들은 홍조는
그 섬세한 얼굴을 턱까지 뒤덮었다.
그리고 모든 사람을 붙잡을 정도로
부드럽고 달콤한 목소리로 말했다.
"오, 이 행복하고 아름다운 곳으로
오게 허락된 행복한 여행자들이여!

여기는 세상의 항구이니, 여기에서   63
세상의 고통을 잊고, 옛날 무한하게
자유로운 사람들이 황금시대에 이미
느꼈던 즐거움을 다시 느낄 것이오.
지금까지 그대들에게 유용한 무기를
이제는 안심하고 내려놓고, 평온의
이 그림자에게 봉헌할 수도 있으니,

---

52 상아처럼 하얀 피부를 가리킨다.

여기서 아모르의 기사가 될 것이오.

침대와 풀밭의 부드러운 풀잎들이   64
그대들의 달콤한 전투장이 되리다.
우리는 여기에서 종들을 행복하게
해주는 그녀[53]에게 안내해줄 것이며,
그녀는 그대들을 자신의 즐거움에
선택한 자들 무리에 넣어줄 것이오.
먼저 이 물속에서 먼지를 씻어내고
저 식탁에서 음식을 들도록 하세요."

하나가 그렇게 말했고 다른 하나는   65
몸짓과 시선으로 함께 권유하였으니
마치 악기들[54] 소리에 맞추어 걸음을
빨리 움직이거나 늦추는 것 같았다.
하지만 기사들의 마음은 그 거짓과
사악한 유혹에 강인하고 단단했으며,
유혹하는 모습과 부드러운 목소리는
단지 감각만 달래며 겉으로 흘렀다.

그리고 만약에 그 달콤함의 일부가   66

---

53 아르미다.
54 원문에는 le canore corde, 즉 "소리 나는 현들"로 되어 있다.

스며들어 욕망이 싹트게 만들 경우
곧바로 이성이 자신의 무기로 잡아
근절하고 싹트는 욕망을 잘라냈다.
두 여인은 패배하고 실망하였으며,
두 기사는 인사도 없이 가버렸다.
기사들은 궁전으로, 여인들은 물로
들어갔으니 거부에 마음이 상했다.

제16곡

전령들은 리날도를 발견하고, 향락에 젖어 기사의 품위를 잃고 연약해진 모습을 금강석 방패에 비춰 보여준다. 리날도는 부끄러움에 사로잡혀 곧바로 떠난다. 아르미다의 눈물 어린 애원과 유혹도 그를 사로잡지 못한다. 버림받아 홀로 남은 아르미다는 절망에 빠지고, 결국에는 복수하기 위하여 가자에서 공격을 준비하고 있는 이집트 군대로 간다.

화려한 건물은 둥글었으며 원에서　　　　　　　　　　　1
거의 중심인 가장 깊숙한 안쪽에는
지금까지 가장 유명한 정원들보다
훨씬 더 아름다운 정원이 있었는데,
악마 건축가들은 주위에 혼란하고
보이지 않는 복도들을 늘어놓았고,
그 속임수 미궁의 구불구불한 길들
사이로 들어갈 수 없도록 만들었다.

방대한 건물에 문이 백 개나 있어　　　　　　　　　　　2
그들은 제일 큰 문으로 들어갔는데
은으로 장식된 이곳 문들은 눈부신
황금 돌쩌귀 위에 삐걱대며 열렸다.
그들은 멈추고 장식들을 보았으니
일솜씨가 재료를 이겼기 때문이다.

말이 없을 뿐 살아 있는 것 같았고
눈을 믿는다면 그것도 필요 없었다.

헤라클레스가 실패를 들고 리디아   3
하녀들과 이야기하는 모습이 보였다.[1]
지옥을 이겼고, 별들을 떠받쳤는데,[2]
실을 자으니 아모르가 보고 웃었다.
이올레[3]가 연약한 손으로 장난삼아
치명적인 무기를 다루고, 부드러운
몸에는 너무 거칠어 보이는 사자의
가죽을 입는 것을 바라보고 있었다.

다른 쪽의 바다에는 하얀 함대에   4
거품이 이는 푸른 수면이 보였고,
가운데에 두 무리의 배와 무기가
도열해 있었고, 무기들이 반짝였다.[4]
파도는 황금빛이었고, 레프카다[5]가

---

1   장식의 이미지는 첫 번째 이야기로 헤라클레스와 옴팔레를 보여준다. 헤라클레스는 살인
    의 죗값으로 리디아의 여왕 옴팔레에 팔려갔는데, 옴팔레는 그에게 여자 옷을 입고 바느질
    과 길쌈을 하도록 시켰으며, 자신은 헤라클레스의 사자 가죽을 입고 곤봉을 들고 다녔다고
    한다.
2   헤라클레스는 테세우스를 구하기 위해 하데스로 가서 케르베로스를 데려왔고, 헤스페리데
    스의 사과를 따기 위해 아틀라스를 대신해 하늘을 떠받치기도 했다.
3   타소는 헤라클레스가 사랑한 여인 이올레를 옴팔레로 혼동하고 있다.
4   두 번째 장면은 안토니우스와 클레오파트라의 이야기를 보여준다.
5   현대 그리스어로 Λευκάδα. 그리스 서쪽 이오니아 해에 있는 섬으로, 아우구스투스의 함대

전쟁의 불길로 타오르는 것 같았다.
아우구스투스는 로마인들, 안토니우스는
이집트, 아라비아, 인도인들을 이끌었다.

키클라데스 섬들[6]이 뽑혀서 파도에   5
산들과 산들이 부딪치는 것 같았고,
강력한 충격으로 이쪽저쪽 배들이
탑처럼 거대하게 마주쳐 충돌했다.
곧바로 화살과 불화살이 날아갔고,
바다는 새로운 학살로 침통해졌다.
아직 싸움은 기울어지지 않았는데,
벌써 저 야만인 여왕[7]은 달아난다.

안토니우스도 달아나고 열망하던   6
세계 지배권의 희망도 버리는구나.
아니, 용감한 그는 달아나지 않고,
달아나며 이끄는 그녀를 뒤쫓는다.
마치 그는 사랑과 동시에 분노와
부끄러움에 떠는 사람처럼 보였고,

와 안토니우스와 클레오파트라의 연합 함대 사이의 유명한 악티움 해전이 벌어진 곳에 가
까이 있다. 악티움 해전에서 겁에 질린 클레오파트라는 먼저 달아났고, 안토니우스는 달아
나는 그녀를 뒤따라감으로써 패배하였고 결국 비극적인 최후를 맞이하였다.
6   키클라데스 제도는 그리스 동남쪽 에게 해에 있는 섬들로 구성되어 있다.
7   클레오파트라.

잔인하고 불확실한 전쟁과 달아나는
배들을 기사들은 번갈아 바라보았다.

그리고 나일 강의 숨겨진 곳에서　　　　　　　　　　　　　7
그녀의 품에서 죽음을 기다리면서,
아름답고 멋진 얼굴의 즐거움에서
그는 가혹한 운명을 위로하는구나.
궁전 문들의 금속[8]에는 그 멋지고
다양한 그림들이 새겨져 있었으며,
두 기사는 잠시 멋진 그림에 눈을
돌린 다음 궁전 안으로 들어갔다.

멘데레스[9] 강이 구불구불한 강변들　　　　　　　　　　　8
사이로 앞뒤로 장난하듯이 흐르면서
강물을 수원이나 바다로 밀고 가며
때로는 가다가 다시 돌아오는 것처럼,
이곳의 길들은 그보다 더 복잡하게
뒤엉켜 있었지만, 마법사가 선물해준
지도는 길들을 잘 표시하고 있어서
저절로 풀리듯이 매듭을 풀어주었다.

8　앞의 2연에서 은으로 만들어졌다고 했다.
9　멘데레스 강에 대해서는 제9곡 4연 역주 참조.

복잡한 길들에서 벗어난 다음에는   9
멋지고 아름다운 정원이 나타났다.
물은 고여 있거나 수정처럼 흘렀고,
다양한 꽃과 다양한 풀들, 나무들에
밝은 작은 언덕들과 그늘진 계곡들,
숲과 동굴이 그들 눈앞에 펼쳐졌고,
더욱 아름답고 멋지게 만드는 것은,
뭐든 만드는 기술이 보이지 않았다.[10]

가꾼 것과 방치한 것이 잘 뒤섞여서   10
그 장소와 장식이 자연스럽게 보였다.
마치 장난삼아서 자신을 모방한 것을
다시 모방한 자연의 기술처럼 보였다.
미풍은 마녀가 만든 것에 불과했지만
그 미풍에 나무들은 꽃을 피웠으며,
영원한 꽃과 함께 열매도 영원했고
꽃이 피어나는 동안 열매가 익었다.

똑같은 줄기와 똑같은 잎 사이에서   11
피어나는 꽃 위에 무화과가 익었고,
가지 하나에 녹색 껍질의 새 열매와

---

10 인공적으로 만들었지만 그 기술이 너무 뛰어나서 전혀 보이지 않고 자연스럽게 보였다는
       뜻이다.

황금빛 껍질의 익은 열매가 있었다.
가장 밝은 곳에서 비틀린 포도나무가
구불구불 높게 올라가 싹을 틔웠고,
여기 설익은 포도, 저기에는 황금빛
붉은 포도에 벌써 즙액이 가득했다.

녹색 잎들 사이에서 우아한 새들이   12
유혹적인 소리로 경쟁하듯 노래했고,
바람이 속삭이며 불어와 잎사귀들과
물결을 다양하게 재잘거리게 하였다.
새들이 침묵하면 큰소리로 대답했고,
새들이 노래하면 더 가볍게 흔들었고,
우연이든 기술이든 새들의 노래에는
바람이 뒤따르거나 교대로 불어왔다.

새들 사이에서 다양한 색깔의 깃털과   13
붉은 부리를 가진 새[11]가 날아다녔는데,
아주 유연하게 혀를 움직이면서 우리
언어와 비슷한 목소리를 만들어냈다.
그 새는 믿을 수 없는 기적처럼 보일
정도로 아주 기교 있게 말을 하였다.
다른 새들은 침묵하며 귀를 기울였고

---

11 앵무새인데 당시의 관념에서 앵무새는 똑같은 말을 반복하는 부정적인 이미지로 간주되었다.

바람은 허공에서 속삭이며 멈추었다.

"오, 수줍은 녹색의 꽃받침 위에서   14
처녀처럼 피어나는 장미를 보십시오.
아직 절반은 열리고 절반은 닫혀서
덜 드러내는 만큼 더욱 아름답지요.
그러다 대담하게 가슴을 드러내면서
펼치자마자 시들어 처음 같지 않고,
수많은 아가씨들과 수많은 연인들이
조금 전 열망하던 장미 같지 않다오.

그렇게 하루가 지나는 사이에 우리   15
삶의 꽃과 녹음은 바로 시들게 되고,
4월은 절대 되돌아오지 않기 때문에
꽃과 녹음도 다시 돌아오지 않는다오.
바로 오늘 새벽에 장미를 꺾으세요.
곧바로 찬란함을 잃기 때문이라오.
지금 바로 사랑의 장미를 꺾으세요.
사랑을 받을 수 있을 때 사랑합시다."

그리고 침묵했고 그와 동시에 새들의   16
합창대는 동의하듯이 노래를 시작했다.
비둘기들은 입맞춤을 두 배로 늘렸고,
모든 동물이 서로 사랑에 이끌렸고,

단단한 참나무와 정숙한 월계수까지,
또 모든 나뭇잎들의 방대한 가족이,
심지어 땅과 물까지 달콤한 사랑의
감정들과 한숨을 내뿜는 것 같았다.

그 부드러운 멜로디 사이로, 많은   17
유혹들과 매혹들의 모호함 사이로
두 기사는 가면서 쾌락의 유혹들에
자기 자신을 강하고 단단히 했다.
그리고 나뭇잎 사이로 눈을 돌려
자세히 살펴보자 연인과 유혹하는
여인[12]이 분명하게 보였는데, 풀밭에
앉은 그녀 품에 그는 안겨 있었다.

그녀 베일은 가슴 앞에서 나뉘었고   18
머리칼은 여름 바람에 흩날렸으며,
나른해 보이고 불타는 듯한 얼굴은
땀방울을 더욱 생생하게 만들었고,
파도 위의 햇살처럼 떨리고 유혹하는
젖은 눈 속에서 웃음이 반짝거렸다.
그에게 몸을 숙였고, 그는 부드러운
배에 머리를 기대고 얼굴을 보았고,

---

12 리날도와 아르미다.

굶주린 시선은 탐욕스럽게 그녀를   19
보면서 스스로 소진되고 용해되었다.
그녀는 몸을 숙여 부드러운 입맞춤을
때로는 눈에, 때로는 입술에 했으며,
그 순간 리날도는 한숨 쉬며 속으로
생각하였다. "이제 영혼이 달아나서
그녀에게 옮겨가는구나." 두 기사는
숨어 그들 둘의 사랑을 바라보았다.

연인의 옆구리에는 이상한 도구인   20
빛나는 수정 거울이 매달려 있었다.
그녀는 일어나서 거울을 내밀었고,
아모르의 사절로 뽑힌 그가 들었다.
그녀의 웃는 눈에 그는 불붙었으며
여러 대상을 통해 하나만 보았으니,
그녀는 거울에 자신을 비췄고, 그는
그녀의 맑은 눈에다 자신을 비췄다.

그는 예속을, 그녀는 명령을 즐겼고,   21
그녀는 자신에, 그는 그녀에 만족했다.
리날도는 말했다. "돌려요, 오, 돌려요.
행복하게 하는 그 눈을 내게 돌려요.
당신은 모를지 모르지만, 내 열정은
당신 아름다움의 진정한 초상화니까.

내 가슴은 당신의 거울보다 완벽히
당신의 아름다움을 비추고 있다오.

오! 나를 경멸한다면, 당신 얼굴이   22
얼마나 아름다운지 당신이 보아요.
당신 시선은 다른 것에는 만족하지
못하니 자신을 보면 행복할 테니까.
그 아름다움은 거울도 비출 수 없고
작은 거울에 천국을 담을 수 없다오.
하늘은 당신에 어울리는 거울, 별만이
당신의 아름다움을 바라볼 수 있다오."

그 말에 아르미다는 웃었지만 계속   23
거울만 보며 자신의 일에 몰두했다.
유혹하듯 아무렇게나 흩어져 있던
머리카락을 아름답게 잘 땋은 다음
섬세한 머리카락을 둥글게 감았고
황금 위의 유약처럼 꽃들을 꽂았고,
아름다운 가슴의 백합 같은 피부에
멋진 장미를 더했고 베일을 채웠다.[13]

오만한 공작새도 눈 있는 깃털들의   24

---

13 18연에서 말했듯이 가슴 앞에서 벌어져 있던 베일을 채웠다는 뜻이다.

화려함을 더 멋지게 보여주지 못했고,
무지개도 햇살에 이슬 머금은 둥근
자태[14]를 더 멋지게 물들이지 못했다.
하지만 무엇보다 아름다운 허리띠[15]를
옷을 벗어도 벗지 않고 보여주었다.
그것은 없는 자에게 형체를 주었고,
요소를 섞을 수 있는 능력을 주었다.

부드러운 경멸, 평화롭고도 잔잔한   25
거부, 사랑스런 변덕, 즐거운 평화,
말하는 것 같은 미소, 부드러운 눈물
방울들, 중단된 한숨, 달콤한 입맞춤,
그 모든 요소들이 뒤섞고 한데 모은
다음 느린 용광로의 불에 단련했고,
거기서 그 놀라운 허리띠를 만들어
그녀가 멋진 허리에 둘렀던 것이다.

마침내 관조를 끝낸 그녀는 허락을   26
구하고 그에게 입을 맞추고 떠났다.
으레 그녀는 낮에 나가서 자기 일과

---

14 원문에는 grembo, 즉 "배[腹]"로 되어 있는데, 무지개의 둥근 형상을 가리킨다.
15 호메로스가 『일리아스』 제14권 214행 이하에서 이야기하는 아프로디테의 모든 매력이 담긴
　　 허리띠를 연상시킨다.

마법의 카드들을 보살피곤 하였다.
리날도는 다른 곳으로 가서 잠시
머무르는 것이 허용되지 않았기에
그녀가 없으면 외로운 연인으로서
동물이나 나무들 사이를 거닐었다.

하지만 어둠이 공모자 침묵과 함께   27
신중한 연인들을 밀회에 부를 때면,
두 사람은 그 정원의 한 지붕 아래
행복한 밤의 시간들을 보내곤 했다.
하지만 아르미다가 더 엄격한 일을
위해 정원과 그 즐거움을 떠났기에,
덤불 사이에 숨어 있던 두 기사는
완전히 무장하고 그 앞에 나타났다.

마치 용맹한 말이 힘겨운 전쟁터의   28
영광에서 승리자로 물러난 다음에
음탕한 종마로 초라한 휴식 속에서
무리와 목초지에서 분방하게 떠돌다
나팔 소리나 무기의 광채가 깨우면
곧바로 히힝 울어대며 몸을 돌리고,
벌써 달리고 싶고, 등 위에 사람을
태우고 달리면서 부딪치고 싶듯이,

눈부신 갑옷이 갑자기 자신의 눈을   29
흔들었을 때 리날도가 바로 그랬다.
비록 부드러운 편안함과 쾌락 속에
무기력하게 취하고 잠들어 있었지만,
그렇게 기사답고 용감하게 불타던
마음은 그 광채에 완전히 흔들렸다.
그동안에 우발도가 나왔고 눈부신
금강석 같은 방패를 그에게 향했다.

그는 눈부신 방패로 시선을 돌렸고   30
자신이 어떠한지, 얼마나 섬세하게
치장되었는지 보았고, 머리와 옷은
온통 음탕한 냄새를 풍기고 있었고,
옆에 검이 보였지만 너무 여성스러운
사치품에 지나지 않는 것 같았으며,
강력한 전쟁의 도구가 아니라 전혀
쓸모없는 장식물인 것처럼 보였다.

마치 무겁고 어두운 잠에 짓눌려서   31
한참 헤매다 정신을 차린 사람처럼
그는 다시 제 모습을 바라보았지만
더 이상 자신을 바라볼 수 없었고,
초라하고 소심하게 시선을 떨구고
부끄러움에 사로잡혀 땅만 보았다.

숨기 위해 바닷속이나 불 속으로,
저 아래 땅속으로 들어갔을 것이다.

그러자 우발도가 말하기 시작했다.　　　　　　　　32
"모든 아시아와 유럽이 싸우고 있고
영광을 희망하는 그리스도인이라면
지금 시리아 땅에서 싸우고 있다오.
베르톨도의 아들이여, 단지 그대만
세상 밖 좁은 곳에 게으르게 있고,
세상의 혼란에 그대는 단지 여인의
뛰어난 기사로 움직이지 않고 있소.

어떤 잠이나 동면이 그대의 역량을　　　　　　33
잠재웠소? 어떤 소심함이 유혹했소?
진영과 고프레도가 당신을 부르고,
행운과 승리가 당신을 기다린다오.
갑시다, 운명의 기사여. 잘 시작된
위업을 끝내고, 당신이 무너뜨렸던
사악한 무리를 피할 수 없는 당신
검으로 죽여 땅에 쓰러지게 하세요."

그러자 고귀한 젊은이는 혼란해져　　　　　　34
잠시 동안 말없이 움직이지 않았다.
하지만 부끄러움을 대신해 경멸이,

이성을 수호하는 경멸이 나타났고,
붉어진 얼굴에 새로운 불이 뒤따라
더욱 강하게 불타고 달아올랐으니,
그는 초라한 예속의 표시였던 헛된
장식과 부끄러운 화려함을 찢었고,

서둘러서 떠났으며, 굽이진 미궁의   35
복잡한 혼란스러움 밖으로 나갔다.
그동안 아르미다는 성문의 용감한
수비대가 죽어 있는 것을 발견했다.[16]
처음에는 의아했지만 곧바로 자기
연인이 떠나고 있는 것을 깨달았고,
오, 잔인한 광경이여! 달콤한 곳에
등을 돌리고 달아나는 그를 보았다.

"잔인한 사람, 나를 버리고 가나요?"   36
외치려 했지만 고통이 길을 막았고,
그래서 연약한 말은 더욱 쓰라리게
되돌아와 가슴속에서 울려 퍼졌다.
불쌍하다! 더욱 강력한 힘과 지혜가
이제 그녀의 즐거움을 빼앗는구나.
그것을 알면서 그녀는 헛되이 그를

---

16 리날도와 두 기사가 달아나기 바쁜 상황에서 수비대를 죽였다는 것은 어울리지 않아 보인다.

붙잡고 마법을 써보려고 시도했다.

테살리아[17] 마녀가 불경스런 입으로   37
중얼거린 그 모든 저속한 마법들과,
천체의 회전을 멈추게 할 수 있고
깊은 감옥에서 영혼을 이끌어내는
모든 마법을 알지만, 그녀의 말에
최소한 지옥도 대답하지 않았다.
그녀는 마법을 버리고 아름다움을
최고 마법으로 써보려고 하였다.

명예나 자제를 고려 않고 뛰었다.   38
아! 승리나 허영은 어디에 있을까?
그녀는 아무리 큰 사랑의 왕국도
전에는 손짓으로 마음대로 했으며,
사랑받는 것을 사랑하던 오만함에
걸맞게 자신의 연인들을 경멸했고,
오로지 자신과, 자신 외에는 멋진
자기 눈의 일부 효과만을 좋아했다.

이제는 버림받고 조롱을 받으면서   39
경멸하고 달아나는 자를 뒤쫓았고,

17 테살리아는 그리스 중북부의 지역으로, 고대에는 각종 마법이 널리 알려져 있었다고 한다.

그 자체로 거부된 자기 아름다움의
선물을 눈물로 장식하려고 하였다.
그녀는 갔고, 부드러운 발에 추위와
가파른 길은 방해가 되지 않았으며,
외침을 전령처럼 앞에 보냈고, 그가
해변에 도착하기 전에 잡지 못했다.

정신없이 외쳤다. "그대는 내 일부를   40
가져가고, 또 일부를 놔두고 가는군요.[18]
모두 함께 가져가든지 놔두고, 아니면
모두에게 죽음을 주오. 제발 멈춰요.
더 가치 있는 여인이 가질 입맞춤은
아니어도, 마지막 말이라도 가져가요.
나쁜 사람, 남으면 무엇이 두려워요?
거부한 뒤에 달아날 수도 있잖아요."

우발도가 말했다. "나리, 이제 그녀를   41
기다리는 것을 거부할 필요가 없어요.
아름다움과 쓰라린 눈물로 부드럽게
젖은 간청으로 무장하고 오고 있어요.
만약에 세이렌을 보고 또 들으면서도
이긴다면 누가 당신보다 더 강할까요?

18 마음만 가져가고, 육체는 남겨두고 떠난다는 뜻이다.

그럼으로써 평온한 이성은 감각들의
여왕이 되고 더욱더 세련될 것이오."

그러자 리날도는 멈추었고, 그녀는   42
눈물에 젖어 숨을 헐떡이며 왔는데,
물론 더할 바 없이 고통스러웠지만
고통스러운 만큼 더욱 아름다웠다.
그를 보면서 경멸인지, 생각하는지,
아니면 용기가 없는지 말이 없었다.
그는 그녀를 보지 않았고, 보더라도
부끄러운 시선을 은밀하게 돌렸다.

마치 친절한 음악가가 맑은 소리로   43
높다랗게 노래를 펼쳐 보이기 전에
나지막이 조율된 부드러운 소리로
사람들의 마음을 음악에 준비시키듯,
그렇게 그녀는 쓰라린 고통 속에서도
모든 기술과 속임수를 잊지 않았고,
목소리가 새기는 마음을 준비하게
짧은 탄식의 서두를 먼저 꺼냈다.

그리고 말했다. "그대, 잔인한 사람,   44
연인처럼 부탁하기를 기대하지 마오.
한때 연인이었지만, 지금은 거부하여

그에 대한 기억도 당신에게 힘들다면,
최소한 적의 말로서 들어요. 때로는
적의 부탁도 상대방이 들어주니까요.
내가 요구하는 것을 당신이 주어도,
당신 경멸은 온전히 간직할 수 있소.

날 증오하는 데서 기쁨을 느낀다면,   45
빼앗고 싶지 않으니 그것을 즐기세요.
정당해 보이겠지요. 나도 그리스도인을
증오하였고, 당신까지 증오했으니까요.
나는 이교도였으며, 당신들의 군대를
누르기 위해 온갖 수단을 사용했고,
당신을 쫓고 붙잡아 진영에서 멀리
미지의 이상한 장소로 데려왔지요.

거기에다 당신이 최대의 치욕이자   46
피해라 생각하는 것을 덧붙였으니,
사랑으로 당신을 속이고 유혹했고,
사악한 유혹, 사악한 속임수였으며,
자기 처녀의 꽃을 꺾게 놔두었고,
아름다움으로 상대방을 지배했고,
많은 옛 연인에게 거부했던 것을
새로운 연인에게 선물로 주었지요.

그것도 내 속임수일 것이고, 많은   47
내 잘못의 결점으로 인하여 당신이
여기에서 떠나고, 예전에는 즐겁던
이곳이 당신에게 중요하지 않겠지요.
가요. 바다를 건너고, 싸우고, 우리
믿음을 파괴해요. 나도 재촉하겠어요.
아니, 우리라니? 내 것은 아니에요.
나의 믿음은 오로지 잔인한 당신뿐.

단지 내가 따라가게 허락해주세요.   48
적들 사이의 조그마한 요구이지요.
약탈자는 전리품을 놔두지 않으며,
승리자는 포로를 놔두지 않습니다.
당신의 전리품들 사이에 나를 넣고
당신의 공훈에 나도 덧붙여 넣어서
당신을 속이려 했던 여자를 당신이
경멸하는 하녀로 손가락질하세요.

경멸받는 하녀로 당신에게 쓸모없는   49
이 머리칼을 누구를 위해 간직할까?
짧게 자를게요. 하녀의 신분에 맞게
하녀다운 머리 모양을 하고 싶어요.
전투의 열기가 뜨겁게 타오를 때에
적들 사이로 당신을 따라가겠어요.

당신의 말을 끌고, 창을 가져다줄
힘과 용기를 충분히 가지고 있어요.

원하면 시종이나 방패가 되겠어요.   50
당신의 보호에 나를 아끼지 마세요.
무기들이 당신에게 가기 전에 나의
이 가슴과 벗은 목을 통과할 거예요.
당신을 해치려는 적도 아마 그렇게
잔인하지 않아서, 당신이 무시하는
이 아름다움에 나를 해치지 않으려고
복수의 즐거움을 용서할지도 몰라요.

불쌍하다! 아직도 희망해? 소용없이   51
무시당한 아름다움을 아직 자랑해?"
말하려고 했지만 바위에서 치솟는
샘물처럼 눈물이 말을 가로막았다.
그러자 애원하는 몸짓으로 손이나
옷을 잡으려 했으나, 그는 물러났고
저항해 이겼으며, 아모르의 입구를
막았고, 눈물에게는 출구를 막았다.

이성이 얼렸기에 아모르는 가슴에   52
들어가 옛 불꽃을 되살리지 못했고,
그 대신에 최소한 아모르의 동료인

연민이 들어갔고, 비록 정숙했지만
그를 감동시켰으니 그는 가까스로
자신의 눈물을 억제할 수 있었다.
그 부드러운 애정을 안으로 누르고
가능한 한 침착한 태도를 유지하며

이렇게 말했다. "아르미다, 당신이   53
마음에 걸리고, 가능하다면 당신의
타오르는 마음을 잘못된 열정에서
풀어주고 싶다오. 증오나 경멸이
아니고, 복수나 후회도 원치 않고,
당신은 하녀도 아니고 적도 아니오.
물론 당신이 잘못했고, 사랑하거나
증오하는 데에서 정도를 지나쳤소.

하지만 그래서? 인간의 보통 실수요.   54
타고난 종교와 성, 나이를 이해하오.
나도 실수했고, 당신이 나를 불쌍히
여기듯, 당신을 비난하고 싶지 않소.
즐거울 때나 괴로울 때에도 당신은
소중하고 귀중한 기억 속에 있으며,
이 아시아의 전쟁과 명예와 믿음이
허용하는 만큼 나는 당신의 기사요.

오! 우리의 잘못들은 여기서 끝내고,   55
우리의 부끄러움은 당신도 싫을 테니
세상의 이 외로운 경계선 끝에 그런
기억은 묻혀 누워 있어야 할 것이오.
유럽과 가까운 두 곳[19]에서 그것만이
내 일들 중에서 침묵하게 될 것이오.
오! 당신의 아름다움, 무훈, 왕실의
혈통이 치욕적 장식이 되면 안 돼요.

평화롭게 남아 있어요, 나는 가겠소.   56
인도하는 이가 막으니 함께 못 가요.
여기 남거나 다른 행복한 길을 가고
현명하게 당신의 의도를 잠재워요.”
리날도가 그렇게 말하는 동안 그녀는
혼란하고 불안하게 움직이지 않았고,
한참 동안 찌푸린 얼굴로 바라보다
마침내 폭발하여 모욕을 퍼부었다.

“당신은 소피아[20]가 낳거나 악티우스[21]   57

---

19 아시아와 아프리카.
20 리날도의 어머니(제1곡 59연 참조).
21 타소는 조반 바티스타 피냐(제10곡 75연의 역주 참조)의 『데스테 군주들의 역사*Historia de
    principi di Este*』(1570)에 따라. 데스테 가문의 혈통은 서로마 제국 말기에 서고트 족이 침
    입했을 때의 군인 가이우스 악티우스Gaius Actius(이탈리아어 이름은 카이오 아치오Caio
    Azio)에게서 비롯된 것으로 보고 있다. 피냐의 견해에 따른 데스테 가문의 계보와 선조들

혈통에서 태어나지 않았고, 폭풍 치는
바다와 얼어붙은 카프카스가 낳았고,
히르카니아 호랑이가 젖을 먹였다오.
인간적인 마음을 전혀 보이지 않는
잔인한 사람, 이제 왜 위장하겠어요?
혹시 얼굴색이 바뀌었소? 내 고통에
혹시 눈이 젖고 한숨이라도 흘렸소?

내가 무엇을 잊었거나 다시 말해요?　　　　　　　　　　58
내 것이라 했다가 버리고 달아나며,
마치 훌륭한 승리자처럼 나쁜 적의
모욕을 잊고 오류를 용서하는군요.
정숙한 크세노크라테스[22]가 사랑에 대해
뭐라고 충고하고 말하는지 들어봐요.
하늘이여, 신들이여, 사악한 자들이
성전과 성문을 파괴하게 놔두나요?

가세요, 잔인한 사람, 내게 남기는　　　　　　　　　　59
평화와 함께 가세요.[23] 사악한 사람.
헐벗은 내 영혼은 바로 보이지 않게

에 대해서는 제17곡 66연 이하 참조.
22　크세노크라테스(그리스어 이름은 Ξενοκράτης)는 고대 그리스 칼케돈 출신 철학자이며 수
　　학자로 플라톤 아카데메이아의 책임자이기도 했는데, 절제와 금욕으로 유명했다고 한다.
23　앞의 56연에서 리날도가 평화롭게 남아 있으라고 한 말을 되받아서 하는 말이다.

당신을 따르는 그림자가 될 것이오.
뱀과 햇불과 함께 새로운 푸리아로
당신을 사랑한 만큼 뒤흔들 것이오.
운명으로 바다를 벗어나고, 파도와
암초를 피하고, 전쟁터에 가더라도.

피와 죽음 사이에 부상당해 누워   60
내 고통의 대가를 치르게 되리라.
마지막 오열 속에 아르미다 이름을
자주 부를 테니 난 그걸 듣고 싶소."
고통에 그녀는 여기서 정신을 잃고
마지막 말이 제대로 나오지 않았고,
결국에는 혼절해 차가운 식은땀을
흘리면서 쓰러졌고 두 눈을 감았다.

눈을 감은 아르미다여, 네 고통에   61
탐욕스런 하늘은 위로를 거부했다.
불쌍하다, 눈을 떠라. 네 적의 눈에
쓰라린 눈물을 왜 못 보는 것이냐?
그의 탄식 소리를 들을 수 있다면
너를 아주 부드럽게 위로할 텐데!
너는 안 믿겠지만, 그는 가능한 한
자비로운 마지막 작별을 네게 했다.

이제는 어떡할까? 반쯤 죽은 그녀를   62
황량한 모래밭에 그렇게 둬야 할까?
기사도가 막고, 자비심이 억제하는데,
냉혹한 필연은 그를 데리고 가는구나.
그는 떠났고, 그를 안내하는 여인[24]의
머리칼에는 가벼운 미풍이 가득했다.
황금빛 돛은 먼바다를 향해 날았고,
그는 해변을 보았고, 해변은 숨었다.

제정신을 차렸을 때 그녀는 주변이   63
온통 황량하고 조용한 것을 보았다.
"그래도 갔구나. 죽었는지도 모르는
나를 여기 놔두고 갈 수 있었을까?
배신자는 잠시 망설이지도 않았고,
극단적 상황에 작은 도움도 없었어?
그런데도 나는 사랑하고, 복수하지
않고 이 해변에 울면서 앉아 있어?

울음이 무슨 소용이야? 다른 무기나   64
기술이 없는 거야? 아! 쫓아갈 거야.
그에게는 지옥도 숨을 곳이 아니고,
하늘마저도 안전한 성전이 아니야.

24 포르투나.

잔인한 자들의 본보기로 쫓아가고,
잡고, 심장과 사지를 찢어 걸 거야.
용감해? 그 기술을 넘어설 것이야.
그런데 여기 어디야? 무슨 말이야?

불쌍한 아르미다. 그 당시 합당하게   65
그 잔인한 자를 잔인하게 대했어야지.
네 포로였으니까. 이제 때늦은 경멸로
불타고, 힘없이 분노에 움직이는구나.
아름다움과 교활함이 쓸모없지 않다면
내 욕망에 효과가 없지는 않을 거야.
오, 버림받은 아름다움이여, 복수는
네가 해야 할 일이다. 네 모욕이니까.

이 내 아름다움은 가증스런 머리를   66
자르는 사람에게 보상이 될 것이야.
유명한 내 연인들이여, 그대들에게
어렵지만 진실한 임무가 요구된다오.
나는 방대한 부의 후계자가 되면서
복수의 보상이 될 준비가 되어 있소.
그런 보상에 내가 합당하지 않다면,
아름다움이여, 넌 쓸모없는 선물이다.

불행한 선물은 거부한다. 또 동시에   67

여왕이며 살아 있다는 것도 거부하고
태어난 것도 거부한다. 나는 오로지
달콤한 복수의 희망으로 살아 있어."
끊기는 목소리로 분노하여 말했고
황량한 해변에서 발길을 돌렸으며,
산발한 머리, 비스듬한 눈길, 불타는
얼굴로 얼마나 분노했는지 드러냈다.

궁전에 도착한 그녀는 끔찍한 말로   68
지옥의 악마를 삼백 명이나 불렀다.
하늘은 검은 구름에 덮이고 순식간에
거대하고 영원한 행성[25]이 창백해졌고,
바람이 산꼭대기를 흔들면서 불었다.
벌써 발밑에서 지옥이 으르렁거렸고,
쉭쉭거리는 소리, 고함, 짖는 소리,
분노한 떨림이 궁전 주위에 들렸다.

빛 한 점 섞이지 않은 데다 밤보다   69
짙은 어둠이 모든 것을 둘러쌌으며,
온통 칠흑처럼 깊은 어둠 속에서
단지 희미한 반짝임만 반사되었다.
마침내 어둠이 사라졌으며, 태양이

---

25 태양.

창백히 빛나도 대기는 밝지 않았고,
궁전은 보이지 않았고 그 흔적조차
없이 "여기 있었다." 말할 수 없었다.

마치 구름이 허공에 거대한 형상을   70
만들지만, 바람이 흩트리거나 태양이
용해시켜서 잠시만 지속되는 것처럼,
환자가 꾸던 꿈이 사라지는 것처럼,
그렇게 궁전은 사라졌으며, 자연이
거기에 만든 산과 황량함만 남았다.
그녀는 준비되어 있던 자기 마차에
앉았고 예전처럼 하늘로 날아올랐다.

날면서 구름을 밟고 대기를 가르고,   71
구름과 시끄러운 폭풍에 둘러싸이며,
다른 극[26]에 속하는 해변들과 미지의
주민들이 살고 있는 땅을 지나갔다.
헤라클레스 기둥을 지나며 스페인과
아프리카 땅에 가까이 가지 않았고,
계속 바다 위로 항로를 유지하면서
마침내 시리아의 바닷가에 이르렀다.

26 그러니까 지구의 남반구를 가리킨다.

여기서 다마스쿠스로 가지 않았고   72
소중하던 고향의 모습도 피했으며,
파도들 사이에 자기 성이 서 있는
불모의 호숫가[27]로 마차를 향하였다.
거기 도착해 종과 하녀에게 모습도
보이지 않고 한적한 장소를 골랐고,
여러 불안한 생각으로 망설였지만
곧바로 분노가 부끄러움을 눌렀다.

그녀는 말했다. "이집트 왕이 자기   73
군대를 움직이기 전에 떠날 것이야.
모든 기술을 시도하고, 완전히 다른
모습으로 변신하고, 검과 활을 쓰고,
내가 더 강한 자들의 하녀가 되어
그들을 부추겨야 할 필요가 있어.
내 복수를 조금이라도 보고 싶다면
명예와 존경을 한쪽에 놔두어야 해.

내 보호자 숙부[28]가 그렇게 원했으니,   74
내가 아니라 자신을 비난해야만 해.
그가 먼저 내 대담한 마음과 연약한

---

27 사해(제10곡 62연 이하 참조).
28 이드라오테.

여성을 부당한 임무에 쓰도록 했어.
그가 나를 방황하는 여자로 만들고
용기와 부끄러움이 없도록 부추겼어.
내가 사랑 때문에 부당하게 한 것과,
경멸로 할 것[29]은 모두 그의 책임이야."

그렇게 결심했고, 서둘러서 기사와   75
여인, 시종과 하인을 불러 모았으며,
화려한 장식들과 여인의 옷을 통해
모든 기술과 왕가의 부를 과시하며
길을 떠났고, 밤이 되건 낮이 되건,
잠도 자지 않고 쉬지도 않고 갔으며,
마침내 아군 부대들이 뒤덮고 있는
양지바른 기자의 들판에 이르렀다.

---

29 리날도의 배신에 대한 경멸로 앞으로 하게 될 일을 가리킨다.

제17곡

가자에서는 이집트의 칼리프가 아시아와 아프리카 여러 곳에서 모인 부대들을 사열하고 있다. 아르미다는 마지막으로 사열에 참가하고, 리날도에 대한 복수를 선언하며 기사들을 유혹한다. 리날도는 그리스도교 진영에 도착하고 아스클론의 마법사에게서 새로운 갑옷을 받고 스베노 왕자의 검을 받는다. 방패에는 데스테 가문 선조들의 업적이 새겨져 있다.

가자는 유대 땅 경계의 도시로서   1
펠루시움[1]으로 가는 길에 있으며,
바다 옆에 자리하고 있고, 옆에는
방대한 모래밭이 가까이에 있는데,
남풍이 파도를 흔들 듯이 몰아치는
바람이 그 모래를 뒤흔들기 때문에,
여행자는 움직이는 모래밭 폭풍에
피할 곳을 찾기가 너무나 힘들다.

도시는 오래전에 투르크인들에게   2
빼앗은[2] 이집트 왕의 경계선에 있고,

---

1   Pelusium(그리스어 이름은 펠루시온Πηλούσιον). 고대 이집트의 도시로 나일 델타의 동쪽 끝에 자리하고 있었다.
2   하지만 역사상 투르크인들이 여기까지 지배한 적은 없다.

자신이 의도한 커다란 계획에 매우
적절하고 가까운 곳에 있었으므로,
이집트와 자신의 높은 왕좌를 떠나
이곳으로 왕좌를 옮기고 벌써 여러
지방들에서 무수하게 많은 군대를
소집하여 여기에 모아두고 있었다.

무사 여신이여, 그곳에 어떤 때에   3
어떤 상태였는지 기억하게 해주소서.
그 위대한 왕이 어떤 무기, 어떤 힘,
어떤 동맹과 예속된 백성을 가졌고,
동방 끝에서 군대와 왕들을 전쟁에
동원해 언제 남쪽에서 움직였는지,
세상 절반에서 모은 부대와 지휘관을
오직 당신만이 내게 말해줄 수 있소.

이집트는 그리스 제국[3]에 반역하여   4
벗어나고 또한 믿음을 바꾼 다음에
무함마드의 혈통에서 나온 기사[4]가

---

3   비잔티움 제국. 이집트는 7세기 초반까지 비잔티움 제국의 지배를 받다가 이슬람교의 아랍
     인들에게 정복되었다. أبي

4   예언자 무함마드의 사촌이자 사위로 제4대 칼리파였던 알리 이븐 아비 탈리브(아랍어 이름
     은 علي بن أبي طالب, 601~661)를 가리킨다. 하지만 실제로 이집트는 제2대 칼리파 우마르(아랍
     어 이름은 عمر بن الخطاب, 586~644)가 점령했다.

폭군이 되어 거기에 수도를 세웠다.
그는 칼리파라 불렸으며, 그 이후로
왕홀을 가진 자는 이름을 계승했다.
그와 마찬가지로 나일 강은 오랫동안
파라오와 프톨레마이오스[5]가 이어졌다.

세월이 흐르면서 왕국은 안정되었고,   5
나아가 아시아와 리비아를 점령하여
마르마리카와 키네라이카[6] 경계선에서
시리아 해변에 이를 정도로 넓어졌고,
아스완[7]을 훨씬 넘어 나일 강줄기의
미지의 수원지까지 깊이 들어가고,
이쪽에는 사람이 없는 모래밭으로,
저쪽에는 유프라테스 강에 닿았다.

왼쪽과 오른쪽으로 풍부한 바다[8]와   6
향기로운 해변을 자체에 포함했고,
에리트레아[9] 너머로 아침에 태양이
나타나는 곳까지 멀리 확장되었다.

5 파라오와 프톨레마이오스는 이전 이집트의 지배자들을 가리킨다.
6 마르마리카와 키네라이카에 대해서는 제15곡 17연 역주 참조.
7 아스완(아랍어 이름은 سوان)은 이집트 남쪽 나일 강가의 커다란 도시이다.
8 홍해. 아프리카와 아라비아 반도 사이의 바다 홍해는 진주가 많기 때문에 그렇게 불렸다.
   또한 그 해변에는 향기 나는 식물들이 많아서 향기로운 해변이라고 했다.
9 Eritrea. 아프리카 북동부 홍해 연안의 지방으로 현재는 독립된 국가를 이루고 있다.

자체에 큰 군대가 있고, 지금 왕이
더욱 유명하고 탁월하게 만드는데,
고귀한 혈통의 그는 통치와 군사의
기술에서 큰 역량으로 더 유명하다.

그는 투르크인들과 페르시아인들과　　　　　　7
전쟁을 했는데, 도발하거나 막았고,
이기거나 또는 졌지만, 이길 때보다
어려울 때 더 많은 행운을 얻었다.
이제는 늙은 나이로 무기의 무게를
감당하지 못해 결국 검을 놓았지만,
전쟁의 재능과 명예와 왕국에 대한
강력한 욕망을 아직은 놓지 않았다.

아직 대리인을 통하여 전쟁을 했고,　　　　　8
활기찬 마음과 언변을 갖고 있으니
그의 나이로 인하여 군주의 무거운
짐이 너무 힘들어 보이지는 않았다.
작은 왕국들로 흩어진 아프리카는
그의 이름을 두려워했고 먼 인도까지
그를 존경했고, 일부는 무장 병력을,
또 일부는 황금을 조공으로 바쳤다.

그렇게 강력한 왕이 군대를 모으고,　　　　　9

아니, 이미 소집한 군대를 재촉하며,
여러 승리로 위협적인 프랑스인들의
태어나는 왕국[10]과 행운에 대항하였다.
아르미다는 마지막에 왔고, 사열을
위해 정해진 시간에 때맞추어 왔다.
성벽 밖의 널찍한 벌판에서 군대는
행렬을 지어 왕 앞으로 행진하였다.

왕은 백 개의 상아 계단으로 오르는   10
높은 왕좌에 오만하게 앉아 있었으며,
은으로 만든 둥근 지붕의 그늘 아래
붉은 금실 융단에 발을 딛고 있었고,
야만적인 장식들로 풍부하고 화려한
옷으로 눈부시게 빛나는 모습이었고,
머리에는 하얀 리넨 천을 많이 감은
이상한 모양의 왕관[11]을 쓰고 있었다.

오른손에 홀을 들고 있었고, 새하얀   11
수염으로 존경스럽고 엄격해 보였고,
나이에도 아직 변하지 않은 눈에서
예전 활력과 대담함이 퍼져 나왔고,

---

10 예루살렘을 점령한 십자군은 1099년 예루살렘 왕국을 세웠다.
11 터번을 가리킨다.

모든 몸짓에서 오랜 연륜과 통치의
의젓함이 분명하게 드러나 보였다.
아펠레스나 피디아스[12]가 천둥칠 때
제우스를 아마 그렇게 그렸으리라.

그 오른쪽과 왼쪽에는 가장 중요한   12
두 대신이 있었는데, 보다 더 중요한
기율 담당[13]은 검을 뽑아 들고, 다른
하나[14]는 임무 표시로 봉인을 들었다.
그는 비밀을 지키고 왕국의 커다란
일에서 왕의 공공 업무에 봉사했고,
다른 정의의 집행자는 최고 권력을
가지고 모든 군대들을 지휘하였다.

그 아래에는 키르카시아의 충성스런   13
수비대 병사들이 에워싸고 있었는데,
그들은 창과 갑옷 이외에 기다랗고
한쪽이 구부러진 검[15]을 차고 있었다.
폭군은 그렇게 높다란 곳에 앉아서

---

12 아펠레스는 기원전 4세기에 활동한 그리스의 화가로, 현존하는 그의 작품은 없지만 고전
시대의 가장 위대한 화가로 꼽힌다. 피디아스 또는 페이디아스는 기원전 5세기에 활동한
그리스의 대표적인 조각가였다.
13 군대를 책임지는 대신이다.
14 나라의 공공 업무를 책임지는 대신이다.
15 초승달 모양의 언월도를 가리킨다.

모여 있는 병사들을 둘러보았는데,
모든 부대는 발밑으로 지나가면서
공경하듯이 무기와 깃발을 숙였다.

이집트의 병사들이 첫 번째 순서로　　　　　　　　14
나타났는데 지휘관들은 네 명으로,
둘은 하늘의 선물 나일 강의 높은
지방, 둘은 낮은 지방 출신이었다.[16]
바다에서 뺏은 비옥한 진흙 바닥은
단단해져 경작하기에 아주 좋아서
이집트가 발전했으니, 뱃사람들에게
해변이던 곳이 얼마나 들어갔는지![17]

첫 번째 부대에서는 알렉산드리아의　　　　　　　15
풍부한 평원에 사는 사람들, 그리고
이미 아프리카 해안이 시작되는 서쪽
바닷가에 사는 사람들이 등장하였다.
아라스페가 지휘관으로, 그는 손의
힘보다 재능이 뛰어난 지휘관이었고
은밀한 매복에서 뛰어난 대가였으며

16　그러니까 나일 강의 "높은 지방"은 상류의 남쪽 지방을 가리키고, "낮은 지방"은 하류의 북
　　쪽 지방을 가리킨다.
17　"바다에서 뺏은 비옥한 진흙 바닥"이란 나일 강 델타를 가리키는데, 이곳이 점차 넓어지면
　　서 예전에 해변이던 곳이 이제 내륙으로 깊이 들어가게 되었다는 뜻이다.

무어인들의 전쟁 기술에 능숙하였다.

두 번째로 동쪽의 아시아 바닷가에   16
거주하는 사람들이 왔고, 아론테오[18]가
이끌었는데, 그는 무훈이나 위업보다
물려받은 지위로 훨씬 더 유명했다.
약한 그는 투구 아래 땀도 안 흘렸고
기상나팔 소리에 잠도 깨지 않았지만,
부적절한 야망이 편안함과 그늘에서
그를 힘든 생활로 이끌었던 것이다.

그 다음의 세 번째는 부대가 아니라   17
큰 군대처럼 들판과 해안을 차지했고,
이집트가 그렇게 충분히 수확하는지[19]
못 믿을 테지만 한 도시에서 왔으니,
지방과 비슷하고 또 비교될 정도로
시민들이 무수하게 많은 도시였다.
바로 카이로이며, 싸우기를 꺼려하는
그 큰 무리를 캄프소네가 이끌었다.

---

18 아론테오Aronteo는 여기에서만 나온다. 이후 여러 등장인물이 한 번만 나오는데 설명은
생략한다.
19 그 많은 사람들을 먹여 살리기에 충분한 식량을 생산하는지.

가첼의 지휘 아래 인근의 비옥한   18
들판과 더 위쪽으로 강이 두 번째
폭포로 떨어지는 곳에 이르기까지
곡물을 수확하는 사람들이 나왔다.
이집트 군대는 활과 검만 가졌고
무거운 갑옷이나 투구는 없었으며,
옷이 화려해 다른 사람이 죽음의
두려움보다 약탈 욕망을 갖게 했다.

알라르콘의 지휘로 거의 벌거벗고   19
무기도 없는 바르카²⁰ 주민이 왔는데,
그들은 황량한 해변에서 오랫동안
굶주린 삶을 약탈로 연명해왔었다.
덜 사악하지만 전투에는 부적절한
무리와 함께 추마라²¹의 왕이 왔고,
이어 트리폴리 왕이 왔는데, 모두
전투에서 후퇴에 능하고 현명했다.

그들에 뒤따라서 페트라²²와 '행복한   20

---

20 바르카Barca(아랍어 이름은 برقة)는 키네라이카 지방의 고원 지역으로 오늘날에는 리비아
에 속한다.

21 Zumara. 리비아 시드라 만 연안에 거주하던 나사모네스 족의 중심지였다.

22 페트라Petra는 아라비아 반도 북서쪽 요르단 남부에 있던 고대 도시였다. '행복한 아라비
아'(라틴어 이름은 아라비아 펠릭스Arabia Felix)는 아라비아 반도 남쪽 끝 지역으로 오늘
날의 예멘과 오만이 여기에 속한다.

아라비아'의 사람들이 나타났는데,
소문이 진실을 말한다면, 그들은
지나친 추위나 더위에 무감각하며,
거기서 향기로운 식물들이 나오고,
거기서 나오는 불멸의 포이닉스[23]가
죽음과 탄생을 위해 짓는 풍요로운
둥지는 바로 무덤이자 요람이었다.

그들이 입은 옷은 덜 화려했지만   21
무기는 이집트 사람들과 비슷했다.
그리고 확실한 주거지의 안정적인
주민이 아닌 아랍인들이 나왔는데,
그 영원한 유목민들은 살 집들과
도시를 들고 주위를 떠돌아다녔다.
그들은 여성의 신장과 목소리였고,
길고 검은 머리에 검은 얼굴이었다.

끝에 뾰족한 쇠가 달려 있는 긴   22
대나무로 무장하고, 재빠른 말을
타고 휘몰아치는 회오리바람처럼
아주 빠르게 날아가는 것 같았다.

---

23 Phoenix. 고대의 전설에 나오는 새로 아라비아 사막에 살며 600년마다 자신의 몸을 불태
워 죽고 그 재에서 다시 태어난다고 한다. "불사조(不死鳥)"로 번역되기도 한다.

첫째 부대는 시파체가 이끌었고,
둘째는 알디노가 지휘하였으며,
셋째 부대는 기사가 아닌 도둑이자
살인자 알비아차르가 인도하였다.[24]

뒤따르는 부대는 홍해에 둘러싸인   23
섬들에서 나온 사람들의 부대인데,
그들은 전부터 물고기들을 잡으며
진주들이 가득한 조개를 따 모았다.
그들과 함께 왼쪽 해안 에리트레아
지역에 사는 흑인 주민들이 나왔다.
첫째는 아그리칼테[25]가, 둘째는 모든
믿음을 비웃는 오스미다가 이끌었다.

이어서 메로에[26]의 에티오피아인들이   24
따랐는데, 나일 강과 아트바라[27] 강이
섬을 이루는[28] 메로에는 왕국 세 개와
종교 두 개를 포함할 정도로 넓었다.

24 순서대로 보면 첫째는 페트라의 부대이고, 둘째는 '행복한 아라비아'의 부대이고, 셋째는
   아라비아 유목민들의 부대이다.
25 앞의 제9곡 79연에서 아르질라노에게 죽은 아그리칼테와 구별해야 한다.
26 Meroë. 아프리카 북동부의 나일 강 중류에 있는 고대 도시로 현재의 수단 중부이다.
27 아트바라(아랍어 이름은 نهر عطبرة) 강은 에티오피아 북서부에서 발원하여 수단 북부에서 나
   일 강과 합류하는 강이다.
28 엄밀한 의미에서 섬은 아니지만 두 강 사이에 섬처럼 고립되어 있다는 것을 의미한다.

카나리오와 아시미로가 이끌었는데,
둘은 무함마드 추종자로 칼리파에게
조공을 바쳤지만, 셋째 왕은 신성한
믿음을 가졌기에 여기 오지 않았다.[29]

다른 두 예속된 왕이 활과 화살들로   25
무장한 부대와 함께 뒤이어 왔는데,
하나는 페르시아 만에 싸인 귀하고
아름다운 땅 호르무즈[30]의 술탄이고,
또 하나는 보에칸[31]의 술탄이었는데,
그곳 역시 바닷물에 싸인 섬이지만
바닷물이 점차 낮아지게 될 때에는
여행자는 마른 발로 그곳으로 간다.[32]

알타모로여, 사랑하는 아내는 너를   26
정숙한 침대에 잡아둘 수 없었구나.
너의 숙명적인 떠남을 막기 위하여
그녀는 울고 금발과 가슴을 치면서
말했지. "잔인한 사람, 내 모습보다

---

29   세 왕국 중 나머지 하나의 왕은 그리스도교를 믿었기 때문에 참전하지 않았다는 뜻이다.

30   호르무즈Hormuz 섬은 페르시아 만의 입구인 호르무즈 해협 북쪽에 있는 작은 섬이다.

31   원문에 Boecan으로 되어 있는데, 마찬가지로 호르무즈 해협의 섬일 것으로 추정되지만 구체적으로 어디를 가리키는지 확인하지 못했다.

32   썰물 때에는 바닷물이 빠져 걸어서 건널 수 있다는 뜻이다.

무서운 바다가 더 마음에 들었어요?
달콤한 장난에 빠진 어린 아들보다
당신 손의 무기가 더 소중한 거예요?"

그는 사마르칸트[33]의 왕으로 그에게   27
결점은 자유로운 왕국이라는 것이고,[34]
무술에 유능하고 너그러운 담대함에
최고 강력한 힘을 함께 갖고 있었다.
이제 알려주니, 프랑스인은 잘 알고
이제부터 그를 두려워해야 할 것이오.[35]
그 기사들은 갑옷을 입고 옆에 검을
차고 안장에 몽둥이를 걸고 있었다.

그 다음에 인도와 새벽의 거처에서   28
온 강력한 아드라스토가 따랐는데,
그는 검은 얼룩들이 있는 녹색의
뱀 가죽을 갑옷으로 입고 있었으며,
마치 말을 타는 것처럼 엄청나게
거대한 코끼리의 등을 타고 있었다.
그는 갠지스 강 이쪽에 인더스 강이

---

33 사마르칸트는 현재 우즈베키스탄 중동부의 도시로 고대 중앙아시아에서 가장 번창한 도시
　　중 하나였다.
34 말하자면 이집트 왕에게 예속되지 않았고, 따라서 자발적으로 참전했다는 뜻이다.
35 작가가 프랑스 부대에 그런 사실을 직접 알려주는 것처럼 말하고 있다.

바다에 씻기는 곳[36] 사람을 이끌었다.

뒤따르는 사람들은 왕의 부대에서   29
꽃으로 선택되었으며, 그들은 모두
왕의 혜택으로 합당한 명예와 함께
전쟁 때나 평화 시에 돈을 받았고,
안전하고 두려움을 주는 무장으로
잘 훈련된 강한 말을 타고 왔으며,
붉은 망토와 강철과 황금 갑옷의
눈부신 빛으로 하늘이 반짝거렸다.

그중에 잔인한 알라르코와 여러   30
부대의 대장 오데마로, 대담함으로
유명하고 죽음과 사람을 경멸하는
리메도네[37]와 이드라오테가 있었고,
바다의 폭군이었던 해적 라폴도와
티그라네,[38] 그리고 강력한 오르몬도,
반역자를 정복한 지역의 이름을 딴
아라비아의 마를라부스토가 있었다.[39]

---

36 그러니까 갠지스 강에서 인더스 강 사이의 인도 전역을 가리킨다.
37 리메도네Rimedone는 나중에 왕립 수비대의 기수로 다시 등장한다.(제20곡 110연 참조)
38 제3곡 43연에서 두도네가 죽인 이교도 병사 티그라네와 구별해야 한다.
39 아라비아의 반역자들 지역을 정복했기 때문에 그런 별명이 붙었다는 뜻이다.

그리고 도시의 약탈자 브리마르테,   31
피르가, 아리모네, 오린도, 말들을
길들이는 시판테가 있었고, 싸움의
기술에서 대가 아리다만테가 있었고,
마르스의 번개 같은 티사페르노는
말을 타고 싸우든, 두 발로 싸우든,
검을 휘두르든, 창을 들고 달려가든,
감히 그와 견줄 만한 사람이 없었다.

지휘관은 아르메니아[40]의 군주로 그는   32
젊은 시절 진정한 믿음에서 이교도로
개종했고 예전 이름은 클레멘테였지만
지금의 이름은 에미레노라고 불렀다.
게다가 이집트 왕이 자신을 위하여
싸운 누구보다도 신임하고 총애했고,
용기나 지혜에서, 팔의 무훈에 있어
최고 기사이자 동시에 지휘관이었다.

이제 아무도 남지 않았을 때 갑자기   33
아르미다가 자기 부대와 함께 나왔다.
걷어 올린 치마에 활로 무장한 채
커다란 마차에 고귀하게 앉아 왔고,

40 Armenia. 카프카스 남부 흑해와 카스피 해 사이의 내륙 지방으로 현재는 하나의 독립국이다.

아름다운 얼굴의 타고난 부드러움에
새로운 분노가 함께 뒤섞여 있어서
활력을 주었고, 분노하고 잔인하게
위협하는 듯했고, 위협하며 유혹했다.

마차는 낮을 밝혀주는 마차[41] 같았고 34
붉은 석류석과 지르콘처럼 빛났으며,
현명한 마부는 멋진 장식의 멍에로
둘씩 묶은 네 마리 유니콘을 몰았다.
주위에 각각 백 명의 하녀와 시종도
어깨에 화살통을 둘러메고 갔는데,
가볍게 달리고 재빨리 몸을 돌리는
하얀색 말 위에 올라타고 있었다.

그녀의 부대가 따랐고, 아라디노가 35
이드라오테의 시리아 부대와 나왔다.
마치 또다시 태어나는 유일한 새가
에티오피아를 방문하기 위해 떠날 때[42]
다채롭고 멋진 깃털, 풍부하고 멋진
목걸이, 타고난 황금빛 왕관과 함께

---

41 태양의 마차.
42 다시 태어난 포이닉스는 이집트의 헬리오폴리스, 즉 '태양의 도시'로 날아가 태양신의 사원
    제단에 자신의 재를 놓았다고 한다.

세상을 놀라게 하며 경탄하는 새들의
무리가 양쪽 옆과 뒤에서 따라가듯이,

마찬가지로 그녀는 의상과 태도와   36
모습에서 놀라운 자태로 지나갔다.
그러자 사랑하지 않을 만큼 사랑에
무감각하고 거부하는 영혼은 없었다.
보기만 해도 경멸적인 엄숙함으로
다양하고 많은 사람을 현혹했으니,
유혹적인 눈길과 아름다운 미소로
더 즐거운 얼굴이라면 어떻게 될까?

그녀가 지나간 다음에 왕들의 왕[43]은   37
에미레노를 모든 뛰어난 지휘관들에
앞세우고 모두의 지도자로 만들려고
계획했기에 가까이 오라고 명령했다.
이미 예감한 그는 지위에 어울리는
얼굴로 합당한 상을 받으러 갔으며,
키르카시아 수비대가 양쪽으로 나뉘어
왕좌까지 길을 내주어 그는 올라갔고,

머리와 무릎을 굽힌 다음 오른손을   38

---

43 이집트 왕.

가슴에 댔다. 왕은 그에게 말하였다.
"이 홀을 받아요. 에미레노, 그대에게
병사들을 맡기니 나 대신에 통솔하고,
내 신하 왕[44]을 구하고 프랑스인들에게
내 복수의 분노를 가져다주기 바라오.
가서 보고 이기시오. 패자를 남겨두지
말고 죽지 않은 자들을 끌고 오시오."

폭군은 그렇게 말했고, 기사는 최고   39
명령권의 홀을 받은 다음에 말했다.
"폐하, 불패의 손에서 이 홀을 받고,
원하시는 대로 높은 임무를 완수하고,
폐하의 뜻대로 대장으로서 아시아의
심각한 모욕에 대해 복수할 것입니다.
승리자가 아니면 돌아오지 않겠으며,
패배는 조롱보다 죽음을 줄 것입니다.[45]

하늘에 기도하오니, 그러지 않겠지만,   40
정해진 패배를 저 위에서 위협한다면,
그런 숙명의 폭풍을 모두 내 머리에
쏟아붓고, 군대는 무사히 돌아가게

---

44 예루살렘의 왕 알라디노.
45 패배하면 살아서 조롱을 받는 것보다 차라리 죽음을 택할 것이라는 뜻이다.

해주시기 바라며, 대장은 장례식보다
승리의 행렬에 누워 있게 해주십시오."
그러자 야만인 악기들의 큰소리와
함께 모든 병사의 환호가 뒤따랐다.

함성과 악기 소리 속에 왕들의 왕은   41
빽빽한 귀족들 무리 사이로 떠났고,
큰 천막에 도착해 지휘관들을 즐거운
식탁에 모았고, 자신은 한쪽에 앉아
음식이나 말을 번갈아가며 건네면서
모든 사람을 명예롭게 대해주었다.
아르미다는 즐거움과 놀이 사이에서
자기 기술에 적절한 장소를 찾았다.

식탁은 이미 치워졌고 그녀는 모든   42
시선이 자신에게 고정된 것을 보고,
자기 독약이 모든 마음에 퍼진 것을
분명한 증거들을 통하여 깨달았기에,
일어나 도도하면서 존경하는 태도로
자기 자리에서 왕에게로 향하였으며,
얼굴과 목소리에서 가능한 담대하고
강력하게 보이기 위해 노력하였다.

"오, 최고 왕이시여, 믿음과 조국을   43

위해 저도 함께 참가하려 왔습니다.
저는 여자이지만 왕녀이며, 왕녀로
싸우는 것이 부당해 보이지 않아요.
같은 손에 무기와 홀을 들고, 왕국을
원하면 모든 기술을 사용해야 하고,
검에 게으르지 않은 제 손은 부상을
입히고 피를 흘리게 할 줄 압니다.

제가 오늘 처음으로 고귀한 욕망에   44
이끌렸다고 생각하지 말기 바랍니다.
우리 율법과 폐하의 왕국을 위하여
전부터 익숙하게 싸웠기 때문입니다.
우리 업적의 소식을 아실 것이므로
제 말이 사실인지 기억하실 것이며,
십자가를 드는 많은 탁월한 기사를
제가 포로로 잡은 것을 아시겠지요.

제가 잡아서 묶고, 제 자신이 직접   45
폐하께 위대한 선물로 보내드렸고,
어둡고 영원한 지하 감옥에서 아직
폐하에게 감시당하고 있을 것이며,
이제 폐하께서는 더욱더 안전하게
위대한 위업을 승리로 끝냈을 텐데,
그 잔인한 리날도가 저의 기사들을

죽이고 그 사람들을 풀어주었지요.

리날도가 누군지 잘 알려졌고 그에   46
대해 여기에서도 많은 이야기하는데,
잔인한 그에게 저는 쓰라린 모욕을
당하고 그 모욕에 복수하지 못했고,
그래서 당연히 그의 자극에 경멸이
더해져 더욱 싸울 준비가 되었지요.
제 모욕이 무엇인지 말하려면 길고
이제 충분하니, 나는 복수를 원해요.

그리고 나는 복수할 것이니, 바람은   47
모든 화살을 헛되이 옮기지 않으며,
하늘의 정의로운 오른팔은 때로는
죄인들을 향해 무기를 겨냥하지요.
만약 누군가 비인간적인 야만인[46]의
가증스런 머리를 잘라 가져온다면,
비록 내가 한다면 더 고귀하겠지만,
즐거이 그 복수를 하게 될 것이오.

그리고 저로서는 가능한 한 최대의   48
보상을 그에게 주도록 할 것이며,

46 리날도.

만약 보상으로 나를 원한다면 나의
보물과 함께 아내로 얻게 될 것이오.
이렇게 여기에서 분명하게 약속하고
범할 수 없는 믿음으로 맹세하지요.
이제 위험의 가치가 있는 보상이라
생각하는 사람은 나와서 말해보시오."

여인이 말하는 동안에 아드라스토가   49
탐욕스런 눈으로 그녀를 응시하면서
말했다. "당신이 살인자 야만인에게
화살을 쏘지 않게 하늘이 돌보소서.
아름다운 여인이여, 당신의 화살이
닿기에는 부당한 사악한 마음이니까.
나는 당신 분노의 완전한 집행자로
그의 머리를 당신에게 선물할 거요.

내가 그의 심장을 찢고 팔다리를   50
독수리에게 먹이로 던져줄 것이오."
인도인 아드라스토가 그렇게 말했고,
티사페르노는 그것을 참지 못하였다.
"당신이 누군데, 폐하와 우리 앞에서
그렇게 큰 자랑을 늘어놓는 것이오?
사실 당신의 모든 자랑을 능가하지만
침묵하는 사람이 여기 있을 것이오."

강력한 인도인은 "나는 실천에 앞서   51
말을 별로 안 하고 아끼는 사람이오.
여기 아닌 다른 데서 당신이 그렇게
말했다면 마지막 말이 되었을 것이오."
더 계속 말했을 테지만 최고의 왕이
오른손을 들어 두 사람을 제지했다.
왕은 아르미다에게 "고귀한 여인이여,
그대의 마음은 대담하고 용감하오.

그대는 이들 두 사람이 제공하고   52
허용하는 경멸과 분노에 합당하니,
그 분노를 그대의 의지대로 사악한
약탈자에게 돌릴 수 있기 때문이오.
그대들의 용기는 거기서 사용하고
거기에서 분명하게 비교될 것이오."
그렇게 말했고 그 새로운 제의에
그들은 그녀의 복수에 경쟁하였다.

그들뿐 아니라 탁월한 기사 모두가   53
대담하고 재빠른 말을 자랑하였다.
모두들 그녀에게 제의했고 비열한
머리에 복수하겠다고 맹세하였으니,
예전에 그렇게 사랑하던 기사에게
그녀는 무기를 겨냥하고 경멸했다.

하지만 리날도는 해변을 떠난 다음
행복하게 위대한 여행을 계속했다.

처음에 왔던 것과 똑같은 길을 통해   54
자그만 배는 다시 뒤로 돌아갔으며,
날아가듯이 돛을 부풀리는 바람은
돌아갈 때도 마찬가지로 불어왔다.
젊은이는 때로는 북극성과 북두칠성,
때로는 어두운 밤의 길처럼 빛나는
별들을 보았으며, 바다 위로 험준한
머리를 드러내는 산과 강을 보았다.

또한 진영의 상태와 다양한 백성의   55
풍습에 대해 질문하여 알게 되었다.[47]
그리고 계속하여 짠 파도로 달렸고,
동쪽에서 네 번째 태양이 빛났으며
그 햇살이 이미 사라지려고 할 무렵,
조그마한 배는 마침내 뭍에 닿았다.
그러자 포르투나가 말했다. "여기는
팔레스티나 땅이고 여행은 끝났어요."

그리고 세 기사를 해변에 내려놓았고   56

47 카를로와 우발도. 포르투나에게 물어보았다는 뜻이다.

채 말 한마디 하기도 전에 사라졌다.
그동안 밤이 되었고, 사물들의 여러
모습이 단 하나 모습으로 혼동되었다.
그리고 그 외로운 모래 바닷가에서
그들은 벽이나 지붕을 볼 수 없었고
사람이나 말의 흔적도 없었고 길을
가르쳐줄 다른 어떤 흔적도 없었다.

그들은 한참 동안 망설이며 있다가   57
결국 바다를 등지고 걸음을 옮겼다.
그런데 멀리에서 그들 눈에 무언지
모르는 불빛 같은 것이 나타났는데,
은빛 빛살과 황금빛 반짝임과 함께
밤을 비추고 어둠을 약하게 하였다.
그래서 그들은 그 빛을 향해 갔고,
벌써 그 빛나고 있는 것이 보였다.

커다란 나무에 걸린 새로운 갑옷이   58
달빛에 비쳐 빛나는 것을 보았는데,
황금빛 투구와 갑옷에 박힌 보석이
하늘의 별들보다 눈부시게 빛났고,
그 불빛에 커다란 방패에 연속으로
새겨진 멋진 그림들을 발견하였다.
옆에는 수호자처럼 한 노인[48]이 앉아

있다가 그들을 보더니 마주쳐 왔다.

현명한 노인의 존경할 만한 얼굴을   59
두 기사[49]는 분명하게 잘 알아보았다.
하지만 그들의 즐거운 인사를 받고
또한 친절하게 맞이한 다음 노인은
말없이 조용하게 그들을 바라보던
젊은이[50]를 향하여 말하기 시작했다.
"오직 당신을 위하여 나는 여기에서
혼자 이 순간을 열망하며 기다렸소.

나는 그대 친구이고, 그대 운명을   60
얼마나 돌보는지 이들에게 물어봐요.
이들은 나의 안내로 그대가 초라한
삶을 살던 곳에서 마법을 깨뜨렸소.
이제 세이렌들의 노래와 다르지만
그대에게 싫지 않을 내 말을 듣고,
더욱 현명한 혀[51]가 진실을 더욱 잘
밝혀줄 때까지 가슴속에 간직하오.

48 아스클론의 마법사이다.
49 카를로와 우발도.
50 리날도.
51 은둔자 피에로를 가리키는 것으로 짐작된다.

덕성의 우리 선이 놓여 있는 곳은,　　　　　　　61
부드러운 해변의 그늘 아래나 꽃과
샘물, 요정과 세이렌 사이가 아니라,
힘들고 가파른 산의 꼭대기랍니다.
추위와 땀을 겪지 않고, 쾌락의 길을
피하지 않은 자는 도달할 수 없지요.
이제 그대는 높은 꼭대기에서 멀리
계곡에 고귀한 새처럼 누워 있겠소?

자연은 그대 머리를 하늘로 향했고　　　　　　62
너그럽고 고귀한 정신을 부여했으니,
위를 향해 탁월하고 영광된 위업으로
최고의 덕성을 향하게 하기 위해서요.
그대에게 성급한 분노까지 준 것은
내부의 공격에 쓰라는 것이 아니며,[52]
이성에 위배되고 탐욕스러운 욕망의
도구가 되라고 부여된 것이 아니며,

분노로 무장된 그대의 무훈이 더욱　　　　　　63
강력하게 외부의 적들을 공격하고,
내부의 사악한 적들인 탐욕을 더욱
강력한 힘으로 억누르기 위해서요.

---

52 성급한 분노를 억누르지 못하고 제르난도를 죽인 것을 암시한다.(제5곡 31연 참조)

그러므로 현명한 지도자가 부여된
목적에 맞게 쓰고 이끌도록 하고,
그의 지혜에 뜨겁거나 미지근하게
쓰고, 재촉하거나 늦추도록 하시오."

그렇게 말했고 리날도는 주의 깊게   64
말없이 그의 훌륭한 충고의 말을 잘
가슴속에 간직했고, 부끄러운 눈을
유순하게 땅바닥으로 돌리고 있었다.
마법사 노인은 그의 속마음을 알고
덧붙여 말했다. "이제 고개를 들어요.
그리고 이 방패를 자세히 살펴봐요.
당신 선조의 위업들을 볼 테니까요.

오래전에 힘들고 외로운 곳에서   65
선조들이 이룬 유명한 영광을 봐요.
이 고귀한 영광의 경쟁에서 그대는
뒤늦은 추종자로 아직 뒤에 있다오.
내가 이제 설명하는 것으로 당신의
역량을 채찍질하고 자신을 격려해요."
마법사는 말했고, 그가 이야기하는
동안에 리날도는 그곳을 응시했다.[53]

53 뒤이어 방패에 조각된 그림들을 통해 데스테 가문의 전설적인 선조들에 대해 오랫동안 이

현명한 조각가는 섬세한 기법으로   66
좁은 공간에 많은 그림을 표현했다.
악티우스[54] 혈통의 존엄하고 영광된
후손들이 중단됨 없이 모두 보였고,
오랜 로마의 타락하지 않고 순수한
샘에서 강물이 나오는 것이 보였다.
노인은 월계수 관을 쓴 군주들과
그들의 전쟁과 위업을 보여주었다.

이상한 사람들이 처음 이미 쇠퇴한   67
제국을 약탈하였을 때,[55] 악티우스가
기꺼이 그들의 지배권을 장악하고
데스테의 첫 군주가 되고, 인근에
통치자가 필요한 덜 강한 사람들이
그에게 의탁하는 것을 보여주었다.
이어 잔인한 고트인이 호노리우스의
권유로 아는 통로를 다시 넘었을 때,[56]

야기한다.

54 제16곡 57연 역주 참조.

55 게르만 족의 일파인 서고트 족 사람들("이상한 사람들")이 쇠퇴한 서로마 제국에 침입했을
때이다.

56 타소는 피냐의 제안에 따라 역사적으로 근거 없는 이야기를 하고 있는데, 그에 의하면 서
로마 제국의 황제 호노리우스Flavius Honorius Augustus(재위 384~423)가 서고트 족의
왕 알라리쿠스Alaricus(이탈리아어 이름은 알라리코Alarico, 370?~410)가 이탈리아 반도로
침입하도록 부추겼다는 것이다.

그리고 이탈리아 전체가 야만인들의
화재로 불타오르는 것처럼 보였을 때,
포로이자 종처럼 이미 예속된 로마가
토대부터 파괴될까 두려워하였을 때,
아우렐리우스[57]가 자신의 보호를 받는
사람을 자유롭게 해준 것이 보였다.
그리고 포레스투스[58]가 북쪽의 훈 족
통치자[59]에게 저항하는 것이 보였다.

사악한 아틸라의 얼굴은 드래곤의
눈으로 바라보는 듯하고, 개 얼굴로
그를 보면 으르렁대고 짖는 소리가
들리는 것 같아 바로 알 수 있었다.[60]
일대일 결투에서 패한 사악한 자는
다른 병사들에게 달아나고 있었고,[61]
훌륭한 포레스투스는 이탈리아의
헥토르로 아퀼레이아를 방어했다.[62]

---

57 아우렐리우스Aurelius(이탈리아어 이름은 아우렐리오Aurelio)는 악티우스의 후계자이다.
악티우스를 비롯하여 로마 제국 시대의 등장인물은 라틴어 이름으로 표기하고, 그 이후의
등장인물은 이탈리아어 이름으로 표기한다.

58 포레스투스Forestus(이탈리아어 이름은 포레스토Foresto)는 아우렐리우스의 아들이다.

59 훈 족의 왕 아틸라Attila(406?~453)를 가리키는데, 그는 452년 이탈리아 반도에 침략하여
서로마 제국에 커다란 위협이 되었다.

60 전통적으로 아틸라는 야만적이고 괴물 같은 이미지로 묘사되었다.

61 그러나 포레스투스가 아틸라와의 결투에서 이겼다는 것은 역사적 근거가 없다.

62 아퀼레이아Aquileia는 이탈리아 북동쪽 아드리아 해안에 있는 소읍으로 로마 시대에 번창

다른 곳에 그의 죽음이 새겨졌는데   70

그의 운명은 조국의 운명이었으며,

위대한 아버지의 아들 아카리누스[63]도

이탈리아 명예의 수호자가 되었다.

그는 알티노를 훈 족 아닌 운명에게

맡기고 보다 안전한 곳으로 피했고,[64]

후에 포 강 유역에 흩어진 천여 개

집들을 하나의 도시[65]로 집결시켰다.

홍수로 범람하는 큰 강에 대비하여   71

그는 견고한 둑을 쌓았고, 거기에서

미래 몇백 년 동안 위대한 데스테

가문의 근거지가 될 도시가 탄생했다.

알라니 족[66]을 물리치고, 오도아케르[67]와

했으나, 452년 아틸라가 이끄는 훈 족의 침입으로 파괴되었다. "이탈리아의 헥토르"라는
것은 트로이아 전쟁의 헥토르처럼 포위된 도시를 지키다가 죽었다는 것을 의미한다.

63 아카리누스Acarinus(이탈리아어 이름은 아카리노Acarino)는 453년 아버지 포레스투스의
뒤를 이었다.

64 아틸라가 포위한 알티노Altino(라틴어 이름은 알티눔Altinum)는 베네치아 내륙에 있는 마
을로 아틸라에 의해 파괴되었고, 그 주민들과 아카리누스가 피신한 "보다 안전한 곳"은 나
중에 큰 도시로 성장하게 될 베네치아 석호를 가리킨다.

65 데스테 가문의 근거지 페라라.

66 알라니Alani 족은 흑해 연안 북동쪽에서 기원한 유목 민족으로 게르만 민족의 대이동 시기
에 훈 족의 영향으로 서로마 제국에 침입했다.

67 오도아케르Flavius Odoacer 또는 오도바카르Odovacar(433?~493)는 게르만 족의 일파인
헤룰리Heruli 족의 우두머리로 476년 마지막 황제 로물루스 아우구스투스를 폐위시킴으로
써 서로마 제국을 멸망시켰고 이탈리아의 왕(재위 480~493)이 되었다. 그는 나중에 동고

싸워 불행한 운명을 맞고 이탈리아를
위해 죽는 것 같으니, 조국의 영광에
함께 참여한, 오, 고귀한 죽음이여!

알포리시오도 함께 죽었고, 아초가   72
자기 동생과 함께 망명을 떠났다가[68]
헤룰리 족의 폭군이 진압된 다음에
무력에다 지혜를 갖추고 돌아왔다.
옆에는 데스테의 에파메이논다스[69]가
잔인한 토틸라[70]를 물리치고 소중한
방패를 구한 뒤 오른쪽 눈에 화살이
박힌 채 기꺼이 죽는 것이 보였다.

보니파초를 말하는데, 발레리아노[71]는   73
어린 나이에 강력한 오른팔과 강력한
가슴으로 아버지의 발자취를 따랐고,

트 족의 왕 테오도리쿠스에게 패하여 죽었다.
68 알포리시오Alforisio는 아카리누스의 동생이고, 아초Azzo와 동생 코스탄초Costanzo는 아
    카리누스의 아들들이다. 그들은 오도아케르의 박해를 피해 독일 지방으로 망명을 떠났다
    가 돌아왔다.
69 에파메이논다스(그리스어 이름은 Ἐπαμεινώνδας, 기원전 410~362)는 테바이의 장군이자
    정치가로 테바이가 스파르타의 지배에서 벗어나도록 이끌었다. "데스테의 에파메이논다
    스"는 73연에서 이름이 나오는 알포리시오의 손자이며 마시모의 아들 보니파초Bonifacio
    를 가리킨다.
70 토틸라Totila(?~552)는 동고트 족의 왕이자 이탈리아 왕(재위 541~552)이었다.
71 발레리아노Valeriano는 보니파초의 아들이다.

수많은 고트 족 부대도 막지 못했다.
옆에 스키아보니아인들과 전설적으로
싸운 강한 모습의 에르네스토가 있고,[72]
그보다 앞에서는 담대한 알도아르도가
몬셀리체에서 란고바르디 왕을 물리친다.[73]

엔리코와 베렌가리오[74]도 거기 있었고,   74
카롤루스 마그누스[75]가 황제의 깃발을
펼치는 곳에서 그는 합당한 위업의
집행자나 대장으로 앞장서 공격했다.
나중에 그는 로도비코의 뒤를 따라
이탈리아를 통치하는 조카와 싸웠고,[76]

---

72 에르네스토Ernesto는 에리베르토Eriberto의 아들로 달마치야에서 여러 차례 스키아보니아 사람들을 물리쳤다. 스키아보니아Schiavonia는 이탈리아 반도 북동부 슬로베니아와 접경 지역을 가리킨다.

73 알도아르도Aldoardo는 페라라 북쪽의 조그마한 도시 몬셀리체Monselice에서 란고바르 디Langobardi(이탈리아어 이름은 론고바르디Longobardi) 족의 왕 아질룰포Agilulfo를 물 리쳤다. 란고바르디 족은 게르만 족의 일파로 568년 이탈리아 반도에 침입하여 왕국을 세 웠다.

74 엔리코Enrico는 에르네스토의 아들이고, 베렌가리오Berengario는 엔리코의 아들이다. 베 렌가리오는 카롤루스 마그누스의 군대에 참가하여 란고바르디 왕국과 싸웠다.

75 카롤루스 마그누스Carolus Magnus(742?~814)는 중세 프랑크 족의 왕으로 란고바르디 왕 을 물리쳤다. 그는 800년 교황 레오 3세로부터 '로마인들의 황제'라는 칭호를 받았다. 프랑 스어 발음에 따라 샤를마뉴로 표기하기도 한다.

76 베렌가리오는 카롤루스 마그누스의 아들이자 후계자인 로도비코Lodovico(프랑스어 이름은 루이Louis) 1세(778~840)와 함께, 카롤루스 마그누스의 손자이며 이탈리아 왕 베르나르도 Bernardo(재위 810~818)에 대항해 싸웠다. 베르나르도는 황제 로도비코가 제국을 다시 나 누어 이탈리아를 아들 로타리오 1세에게 주려고 하자 반발했으나 패배하여 포로가 되었다.

전투에서 승리해 그를 포로로 잡았다.
오토네[77]도 다섯 아들과 거기 있었다.

알메리코도 있었는데, 벌써 포 강의   75
귀부인 도시의 후작이 되어 있었고,[78]
관조하는 몸짓으로 경건하게 하늘을
바라보았고, 많은 교회들을 세웠다.
그 옆에는 베렌가리오와 격렬하게
싸우는 아초 2세가 그려져 있는데,
엇갈리는 행운의 뒤바뀜 끝에 그가
승리해 이탈리아 지배권을 잡았다.[79]

그의 아들 알베르토는 독일인들에게   76
갔고, 거기에서 역량으로 유명해졌고,
시합과 전쟁에서 덴마크인들을 이겼고,
큰 지참금에다 오토의 사위가 되었다.[80]
그 뒤쪽에는 우고[81]가 보이는데, 그는

77 베렌가리오의 동생 오토네Ottone는 다섯 아들을 두었다.
78 알메리코Almerico는 아치모네Azzimone의 아들로 처음으로 페라라("포 강의 귀부인 도
    시")의 후작 작위를 받았다. 피냐에 의하면 그는 매우 경건했고 많은 교회를 세웠다.
79 피냐에 의하면 아초 2세는 이탈리아 왕 베렌가리오 2세(재위 950~961)와 여러 차례 전투
    를 벌인 뒤 물리쳤고, 그 대가로 작센 왕조 출신 신성 로마 제국의 황제 오토Otto 1세(재위
    962~973)는 그를 이탈리아의 황제 대리인으로 임명했다고 한다.
80 아초 2세의 아들 알베르토는 황제 오토 1세의 궁정으로 가서 덴마크 사람들과의 전쟁에서
    무훈을 인정받아 황제의 딸 아델라이데와 결혼했다.
81 우고 1세의 아들 우고 2세로 그는 997년 로마인들이 반란을 일으켰을 때 진압하여 황제 오

로마인들의 충동적 뿔을 꺾은 다음
이탈리아의 후작이라고 일컬어졌고
토스카나 전역을 다스리게 되었다.

그리고 테달도, 보니파초가 자신의   77
베아트리체와 함께 그려져 있었는데,
그 고귀하고 위대한 아버지의 뒤를
이을 남자 후계자가 보이지 않았다.[82]
마틸데가 있었는데, 현명하고 용감한
여인으로서 왕관과 홀 위로 치마를
올릴 수 있었기에 숫자[83]나 여성의
결점을 충분히 보완할 수 있었다.

고귀한 얼굴에 강한 기운이 돌았고   78
시선은 강하기보다 활력을 보였으며,
노르만인들을 물리쳐, 예전 불패의
구이스카르도[84]는 달아나고 있었다.

토 3세와 교황 그레고리우스 5세를 구했다. 그리고 그 대가로 토스카나를 양도받고 이탈리아의 후작이 되었다.

82 보니파초 3세는 테달도Tedaldo의 아들로 아내 베아트리체와 사이에 아들은 없고 외동딸만 두었는데, 그녀가 유명한 카노사의 여백작 마틸데였다.(제1곡 59연 참조)

83 자녀들의 숫자를 가리킨다.

84 로베르토 구이스카르도Roberto il Guiscardo(프랑스어 이름은 로베르 기스카르Robert Guiscard, 1015?~1085)는 노르만 족의 정복자로 11세기에 이탈리아 남부 지역과 시칠리아를 점령하였다.

하인리히 4세를 물리치고 빼앗은
제국 깃발을 교황에게 제공하였고,
최고의 교황을 바티칸의 위대한
베드로 자리에 다시 앉게 하였다.[85]

또 그녀의 옆이나 뒤에서 존경하고   79
사랑하는 아초 5세[86]의 모습이 보였다.
그렇지만 아초 4세[87]에게서 고귀하고
탁월한 후손이 행복하게 번창하였다.
그와 쿠네곤다의 아들 궬포[88]를 독일로
불러들였으며, 로마의 훌륭한 씨앗이
호의적인 운명에 힘입어 바이에른의
들판으로 옮겨 심어지는 것이 보였다.

데스테의 커다란 가지가 이미 늙은   80
벨펜[89]의 나무에 접목되는 것 같았고,

---

85 소위 카노사의 굴욕과 그 이후 사건을 가리킨다. 성직자들의 임명권을 둘러싸고 신성 로마 제국 황제 하인리히 4세와 교황 그레고리우스 7세와의 싸움에서 교황이 승리했으나, 나중에 하인리히 4세는 군대를 이끌고 로마를 점령했고, 그때 마틸데가 그레고리우스 7세를 구했다는 것이다.

86 아초 5세(1125~1193)는 오비초Obizzo 1세(1110~1195)의 아들로 피냐에 의하면 마틸데의 둘째 남편이었다고 한다. 하지만 실제로는 아초 2세의 손자 궬포 5세가 남편이었다.

87 아초 4세(1098~1154)는 폴코Folco 1세(1070~1128)의 아들로 페라라의 후작이었다. 하지만 실제로 궬포 4세의 아버지는 알베르토 아초Alberto Azzo 2세(1009~1097)였다.

88 어머니 쿠네곤다와 궬포 4세에 대해서는 제1곡 10연과 41연 역주 참조.

89 독일의 벨펜 가문과 데스테 가문 사이의 관계에 대해서는 제1곡 10연 역주 참조.

그 벨펜 사람들에게서 어느 때보다
행복하게 황금 왕관과 홀이 번창했고,
또한 아름다운 별들의 호의와 함께
아무 장애물 없이 정착하게 되었고,
하늘에 닿을 정도이며 거대한 독일의
절반을 차지하여 지금도 덮고 있다.

장엄한 나무[90]는 이탈리아 가지에서도   81
그에 못지않게 경쟁적으로 번창했다.
궬포 앞에 베르톨도가 그려져 있고,
아초 6세[91]가 선조들을 혁신하였다.
이것이 방패에서 살아 있는 것처럼
숨을 쉬며 움직이는 영웅들이었다.
리날도는 바라보며 타고난 불꽃에서
수많은 명예의 정신들을 일깨웠고,

의연한 마음은 경쟁적인 역량들에   82
감동하여 불타오르고 고양되었으며,
생각 속에서 상상하고 있던 도시를
장악하고 사람들을 죽이는 광경이
마치 바로 자신의 눈앞에 사실로

---

90 데스테 가문.
91 아초 6세(1170~1212)는 아초 5세의 아들이다.

나타나 있는 광경을 보는 듯했고,
서둘러 무장하고 희망 속에서 벌써
승리를 빼앗으며 앞당기고 있었다.

하지만 그에게 덴마크 왕 후계자의   83
죽음을 이미 이야기해준 카를로는
정해진 검을 그제야 건네주었다.[92]
"받으시오. 그리고 행복한 운명으로
오로지 그리스도교 믿음을 위하여
정의롭고 경건하고 강하게 사용하고,
당신을 많이 사랑한 검의 첫 주인의
복수를 해주오. 그것은 당신 몫이오."

리날도는 카를로에게 "하늘 뜻대로   84
지금 이 검을 받는 손이 이 검으로
자기 주인의 복수를 하고, 이 검이
해야 할 일을 할 수 있게 해주소서."
카를로는 그에게 행복한 표정으로
긴 감사를 짧은 말에다 압축하였다.
그러자 그들에게 마법사가 나섰고,
현명한 그는 야간 여행을 서둘렀다.

---

92 덴마크 왕위 계승자 스베노의 죽음과 검에 대해서는 제8곡 23연 이하 참조.

"이제 고프레도와 진영이 기다리는   85
곳으로 때맞춰 도착하게 가야 하오.
갑시다. 내가 어둠 속에서 여러분을
그리스도인들 진영으로 안내하겠소."
그렇게 말한 다음 마차에 올라탔고
지체 없이 그들을 마차에 태우더니
자기 말들의 고삐를 풀어주었고
채찍질하며 동쪽을 향하여 달렸다.

말없이 어두운 대기 속에 달리다   86
노인이 젊은이를 향하여 말하였다.
"당신의 고귀한 혈통과 그 가지들,
오래된 좋은 뿌리를 당신은 보았소.
그것은 분명히 처음부터 영웅들의
비옥하고도 행복한 어머니였으며,
비록 늙었을지라도 그녀에게는 절대
지치지 않고 출산할 능력이 있다오.[93]

내가 초기 시절의 어두운 가슴에서   87
미지의 최초 아버지들을 끌어냈듯이,
그와 마찬가지로 미래의 시대에서
당신의 후손들을 찾아내고 그들이

---

93 데스테 가문에서 앞으로도 더 많은 영웅들이 태어날 것이라는 뜻이다.

세상의 밝은 빛에 눈을 뜨기 전에
그들을 세상에 잘 알릴 수 있다면!
미래 영웅들의 계승도 길고 위업도
마찬가지로 뛰어날 것이기 때문이오.

하지만 내 기술 자체는 미래 안에   88
깊이 감춰져 있는 진실을 못 보고,
단지 멀리에서 안개나 희미한 빛에
어둡고 캄캄하고 불확실하게 본다오.
그래서 장담하지 못하지만 당신에게
확실하게 내가 말할 수 있는 것은,
때로는 베일 없이 하늘의 비밀들을
보는 사람[94]에게서 내가 들은 것이오.

신성한 빛이 그에게 드러내신 것을   89
내게 밝혔으니 당신에게 들려주겠소.[95]
'다정한 하늘이 탁월한 당신 후손으로
정해놓은 만큼 많은 영웅으로 풍부한
혈통은 지금이나 오랜 옛날 시절에
그리스나 야만족, 로마에 없었으니,

---

94 은둔자 피에로를 가리킨다.
95 이어서 은둔자 피에로가 말한 것을 직접 화법으로 인용하여 전달하는데, 직접 리날도에게
      말하는 형식으로 되어 있다.

스파르타, 카르타고, 로마의 가장
탁월한 명성과 비교될 수 있다오.

하지만 누구보다 알폰소가 있는데,   90
역량은 첫째이나 이름은 둘째라오.[96]
세상이 타락하고 늙은 데다 탁월한
사람들이 없을 때에 태어날 것이며,
그보다도 더 훌륭하게 검이나 홀을
사용할 줄 알고, 갑옷이나 왕관의
무게를 견딜 사람은 없을 것이니,
당신 피의 영광이자 최고 보석이오.

어린 나이에 시합들이나 사냥에서   91
최고 무훈의 증거를 보여줄 것이며,
숲과 동물들에게 공포가 될 것이고
시합에서 최고 칭찬을 받을 것이오.
후에 진짜 전쟁에서 승리의 영광과
최고의 전리품들을 가져올 것이며,
머리에 월계수, 또는 참나무, 또는
잔디[97]의 관을 종종 쓰게 될 것이오.[98]

96 두 번째 알폰소, 즉 알폰소 2세를 가리킨다. 알폰소 2세에 대해서는 제1곡 4연의 역주 참조.
97 원문에는 gramigna로 되어 있는데, 구체적으로는 '우산잔디' 또는 '개밀'을 가리킨다.
98 로마인들은 일반적인 승리자에게는 월계수 관을 씌우고, 로마 시민을 구한 사람에게는 참
    나무 관, 포위된 도시를 해방시킨 사람에게는 잔디 관을 씌웠다고 한다.

성숙한 나이의 역시 합당한 업적은   92
평화와 화평을 정착시키는 것이며,
인근 도시들과 강한 왕국들 사이에
조용하고 평화롭게 만드는 것이며,[99]
예술과 재능을 부양하고 격려하며,[100]
화려한 놀이와 볼거리를 제공하며,
정확한 저울로 상과 벌을 측정하며,
멀리 보고 지나침을 예견할 것이오.

오, 땅과 바다를 모두 오염시키고,   93
그렇게 불행한 시기에 아주 탁월한
백성에게 평화의 법칙을 부여하는
사악한 자들과 그가 싸우게 되고,
그들이 범한 제단과 파괴한 성전에
복수하기 위하여 대장으로 간다면,[101]
무서운 폭군과 사악한 무리들에게
얼마나 정의로운 복수를 할 것인가!

여기서 투르크인, 저기서 무어인[102]이   94

---

99 16세기에 페라라는 인근의 도시 모데나와 레조넬레밀리아, 그리고 베네치아 공화국, 교황
   령, 만토바 공국 등과 번갈아가며 전쟁을 하거나 평화 조약을 맺었다.
100 또한 16세기 페라라는 절정기에 이른 르네상스 인문주의와 예술의 주요 중심지였다.
101 여기에서 타소는 다시 한 번 알폰소 2세가 투르크인들("사악한 자들")에 대항하여 전쟁을
   일으키기를 바라고 있다.(제1곡 5연 참조)
102 원문에는 "마우리Mauri"로 되어 있는데, 고대 로마인들이 북아프리카 사람들을 그렇게 불

군대로 그에게 대적해도 소용없으니,
십자가와 하얀 새와 황금빛 백합[103]을
그는 유프라테스 강 너머로, 눈이
덮인 토로스 산맥[104] 너머로, 영원한
여름 왕국들[105] 너머로 가져갈 것이며,
검은 이마[106]의 세례를 위해 나일 강의
신비스러운 수원지를 발견할 것이오.'

노인은 그렇게 말했으며, 젊은이[107]는   95
그 말을 즐거운 마음으로 받아들였고,
미래의 자기 후손들에 대한 생각에
말없는 행복감을 가슴 깊이 느꼈다.
그동안 태양의 전령 새벽이 솟았고
하늘은 동쪽에서 모습을 바꾸었으며,
그들은 벌써 멀리에서 천막들 위로
깃발이 펄럭이는 것을 볼 수 있었다.

그러자 현명한 노인은 다시 말했다.   96

<hr>

     렀다.
103 데스테 가문의 문장에는 하얀색 독수리와 황금색 백합이 들어 있다.
104 토로스 산맥(터키어 이름은 Toros Dağları)은 터키 남부의 지중해 연안과 아나톨리아 고원
     사이에 있는 산맥이다.
105 아프리카.
106 아프리카의 흑인들.
107 리날도.

"그대들 이마에서 빛나면서 다정한
빛살로 저 천막들과 들판과 도시와
산들[108]을 보여주는 태양을 바라보시오.
모든 장애물과 공격에서 안전하게
비밀 길로 여기까지 내가 안내했소.
이제 안내자 없이 그대들만 가시오.
나는 더 가까이 접근할 수 없다오."

그렇게 작별 인사를 했고 기사들을   97
서 있게 내버려두고 그는 돌아갔다.
기사들은 떠오르는 태양을 마주보며
계속 길을 갔고 천막들에 이르렀다.
기다리던 세 기사들이 온다는 것을
소문이 가져와 온 사방에 퍼뜨렸고,
경건한 고프레도는 자리에서 일어나
그들을 맞이하기 위하여 달려갔다.

108 그리스도 진영의 천막들과 들판, 예루살렘과 주변의 산들을 가리킨다.

제18곡

리날도는 은둔자 피에로의 권유대로 참회하고 올리브 산에서 기도를 올린 다음 숲의 마법을 깨뜨리고, 병사들은 좋은 목재를 가져다 공성 기계들을 제작한다. 고프레도는 이집트 군대의 구체적인 계획을 알기 위해 첩자를 파견하고, 예루살렘을 향해 공격을 감행한다. 치열한 전투가 벌어지고 리날도가 용맹하게 활약하는 동안 천사들의 부대가 도와준다.

리날도는 고프레도가 자신을 만나려   1
일어난 곳에 이르러서 말했다. "나리,
명예를 지키고 싶은 욕망으로 인해
죽은 기사[1]의 복수를 했던 것입니다.
저는 나리의 권위에 모욕을 가했고
나중에 가슴 깊이 후회를 했습니다.
이제 나리의 부름에 왔고, 원하시는
모든 속죄를 할 준비가 되었습니다."

고프레도는 겸손하게 몸을 숙이는   2
그의 목을 두 팔로 안으며 말했다.
"이제 모든 슬픈 기억에 침묵하고
지나간 일들을 모두 잊어야 하오.

---

1   제르난도(제5곡 31연 이하 참조).

속죄로는 그대가 언제나 그랬듯이
유명한 위업을 하는 것만 바라니.
적에게는 해롭고 우리에게 이롭게
숲의 괴물들을 물리치는 것이라오.

전에 우리 공성 기계들의 재료를   3
가져왔던 아주 오래된 숲이 어떤
이유 때문인지 지금은 비밀스럽고
가공할 마법의 장소가 되어 감히
나무들을 자르려는 사람이 없는데,
그런 기계 없이 도시를 함락하려고
생각할 수 없으니, 사람들이 놀라는
숲에서 그대의 무훈을 보여주시오."

그렇게 말하였고, 리날도는 짤막한   4
말로 그 위험과 노고를 응낙했지만,
의젓한 태도에서 말을 하지 않아도
잘 해내리라는 것을 알 수 있었다.
그리고 행복한 얼굴과 손을 다른
사람들의 따뜻한 환대로 돌렸다.
궬포와 탄크레디를 비롯해 부대의
중요한 기사들이 모두 모여 있었다.

중요한 기사들과 친절하고 따뜻한   5

인사를 여러 차례 나눈 뒤 리날도는
보다 낮은 다른 사람들도 따뜻하고
소박한 표정으로 평온하게 맞이했다.
아시아와 아프리카에서 승리한 다음
화려한 마차로 개선식을 하더라도,
그보다 즐거운 군사적 함성은 없고,
주위에 더 빽빽한 무리는 없으리다.

그렇게 자기 숙소까지 갔고 거기서   6
사랑스런 친구들과 둥글게 앉았으며,
그들과 함께 전쟁의 상황이나 마법의
숲에 대하여 많이 묻고 대답하였다.
하지만 모두 떠나고 편안하게 되자
신성한 은둔자[2]가 그에게 말하였다.
"정말로 경이로운 순례처럼 그대는
오랫동안 떠돌면서 많은 일을 했소.

세상의 왕께 얼마나 많이 빚졌는가!   7
그분께서 그대를 마법에서 구하셨고,
길 잃은 어린 양처럼 그분의 양 떼로
다시 인도하여 우리에 받아들이셨고,
고프레도의 목소리를 통하여 그분

---

2   은둔자 피에로.

뜻의 두 번째 집행자로 선택하셨소.
하지만 아직 죄인으로 그분 임무를
수행하려고 손을 무장하면 안 되오.

그대는 세상과 육체의 더러움으로   8
얼마나 얼룩져 있는지 나일 강이나
갠지스 강, 깊은 대양도 깨끗하고
하얗게 씻어낼 수 없을 정도랍니다.
단지 하늘의 은총만 그대 더러움을
깨끗이 할 수 있으니, 하늘을 향해
경건하게 용서를 구하고, 감추어진
죄를 고백하고 울면서 기도하시오."

그러자 리날도는 먼저 속으로 오만한   9
경멸과 어리석은 사랑을 참회하였고,
그의 발 앞에 무릎을 꿇고 겸손하게
젊은 나이의 실수를 모두 고백했다.
하늘의 대리인은 용서를 해준 다음
그에게 말하였다. "새벽이 올 무렵에
아침의 햇살을 향해 머리를 돌리는
산³ 위로 올라가서 기도를 하시오.

---

3   올리브 산(제11곡 10연 참조).

거기에서 수많은 거짓말과 속임수　　　　　　　10
유령들이 많이 있는 숲으로 가시오.
분명 당신은 괴물과 거인을 이기고,
어리석은 오류가 막지 못할 것이오.
부드럽게 울거나 노래하는 목소리도,
달콤히 웃거나 바라보는 아름다움도
유혹으로 그대 마음을 잡지 못하니,
거짓 모습과 거짓 부탁을 경멸하오."

그렇게 충고했고, 리날도는 희망과　　　　　　11
열망에 그 중요한 임무를 준비했다.
생각에 잠겨서 낮과 밤을 보냈으며,
하늘이 새벽으로 불타오르기 전에
멋진 갑옷으로 무장하였고, 새롭고
이상한 색깔⁴의 겉옷을 위에 입었고,
완전히 혼자 아무 말 없이 걸어서
동료들을 떠났고 천막들을 떠났다.

아직은 밤이 낮의 모든 빛살에게　　　　　　12
완전히 굴복하지 않았지만, 동쪽은
불그스레하게 보이고 하늘 한쪽은
별들로 장식되어 있을 무렵이었다.

4　　나중에 16연에서 구체적으로 밝히듯이 참회를 상징하는 "재의 색깔"이다.

그는 올리브 산을 향하여 출발했고,
눈을 들어 한편으로 밤이지만 다른
한편으로 아침이 펼치는 신성하고
순진무구한 아름다움을 관조하면서

속으로 생각하였다. "하늘의 성전이   13
모으는 빛들은 얼마나 아름다운가!
낮은 큰 태양 마차를 펼치고, 밤은
금빛 별들과 은빛 달을 펼치는구나.
하지만 달이나 별을 보는 사람 없고,
우리는 여자의 얼굴이 짧은 순간에
보여주는 스치는 눈길과 반짝이는
미소의 어둡고 흐린 빛만 보는구나."

그렇게 생각하며 가장 높은 곳으로   14
올라갔고 경건하게 몸을 숙인 다음
최고의 하늘 위로 생각을 향하였고,
두 눈은 동쪽을 응시하면서 말했다.
"하느님 아버지, 자비로우신 눈으로
제 처음 삶과 처음 잘못들을 보시고
제게 은총을 베푸시어, 옛날 아담의
제 몸[5]을 씻어 새로워지게 해주소서."

5   아담의 원죄를 이어받고 있는 자신을 가리킨다.

그렇게 기도했고 맞은편에서 벌써   15
황금빛으로 붉은 새벽이 솟아올라
투구와 갑옷과 그 주위에 펼쳐진
녹색의 산을 황금빛으로 비추었고,
상쾌한 대기의 기운이 그의 가슴과
이마를 향해 불어오면서 머리 위로
아름다운 새벽의 품 안에서 이슬에
젖은 구름을 흔드는 것을 느꼈다.

하늘의 이슬이 마치 재의 색깔처럼   16
보이는 그의 옷 위로 내려앉았으며,
널리 퍼지면서 창백한 색을 씻어내
눈부시게 새하얀 색깔로 만들었으니,
마치 아침의 차가움에 메마른 꽃과
시든 잎사귀가 다시 아름다워지고,
마치 뱀이 아름다운 젊음을 되찾고
새롭게 자신을 치장하는 것 같았다.

새롭게 바뀐 옷의 아름다운 흰색을   17
자신의 눈으로 바라보면서 경탄했고
그런 다음 확실한 용기와 함께 그는
오래된 숲을 향해 발걸음을 옮겼다.
덜 용감한 병사들이 보기만 하여도
두려움에 멈추는 곳에 이르렀는데,

그에게는 두렵거나 불쾌하지 않고
행복하게 그늘진 숲으로만 보였다.

더 앞으로 나아갔고 그동안 매우   18
달콤하게 퍼지는 소리가 들려왔다.
개울이 졸졸거리며 흘러가는 소리,
잎사귀들 사이로 스치는 바람 소리,
백조의 조화롭고 연약한 노랫소리,
탄식하고 화답하는 꾀꼬리들 소리,
오르간과 키타라에 노래하는 소리,
그 모든 소리가 한 소리로 울렸다.

다른 사람들에게 그랬듯이 리날도는   19
깜짝 놀라게 하는 천둥을 기다렸는데,
요정들과 세이렌들의 노랫소리, 물과
바람과 새의 달콤한 화음이 들렸고,
의아한 생각에 잠시 멈추어 섰다가
망설이며 아주 조심스럽게 갔지만
천천히 흐르는 강물 소리 이외에는
길을 가로막는 것이 전혀 없었다.

멋진 강 양쪽의 아름답고 향기로운   20
풀밭 기슭들은 향기와 함께 웃었다.
강은 구불구불하게 흐르고 있었고

굽어진 옆에 커다란 숲이 있었는데,
화관처럼 강을 둘러쌀 뿐만 아니라
조그마한 수로가 그 사이로 흐르며
숲을 적셨고, 숲은 강물과 그늘이
서로 어울리게 그림자를 드리웠다.

기사가 어디로 건너갈지 보는 동안   21
놀라운 모습으로 다리가 나타났는데,
다리는 풍부한 황금 장식에 확고한
아치 위로 널찍한 길을 제공하였다.
황금 다리를 건너가 맞은편 기슭에
발이 닿자마자 다리는 무너졌으며,
멋진 강을 이루며 빠르게 흘러가는
격렬한 강물이 이래로 휩쓸려갔다.

그는 돌아서서 바라보았는데, 강은   22
마치 눈이 녹은 것처럼 불어났으며
아주 격렬하고 수많은 소용돌이들로
자체 안에서 맹렬하게 돌고 있었다.
하지만 새로운 것을 보려는 욕망에
그는 오래되고 빽빽한 숲을 보았고,
점점 더 새롭고 놀라운 것들이 그를
그 야생의 외로운 숲으로 이끌었다.

걸어가면서 발자국을 남기는 곳에서   23
싹이 움트거나 꽃이 피는 것 같았고,
여기 백합이 피고, 저기 장미가 피고,
여기 샘물이 솟아나 개울로 흘렀으며,
그의 위와 주위에 있는 오래된 숲이
모두 잎사귀를 새로 내는 것 같았고,
껍질들이 부드러워지고 모든 나무가
아주 행복하게 녹색으로 푸르러졌다.

가지마다 만나가 이슬처럼 맺혔으며   24
나무의 껍질에서는 꿀이 흘러나왔고
또다시 그 노래와 탄식이 이상하게
어우러진 즐거운 화음이 들려왔지만,
백조와 바람, 파도 소리에 수반되는
합창대는 어디 숨었는지 알 수 없고,
누가 사람들 목소리를 내는 것인지,
악기들이 어디 있는지 볼 수 없었다.

사방을 둘러보면서 감각이 진짜처럼   25
제공하는 것을 이성이 부정하는 동안,
한쪽에 도금양나무를 보았고, 거기서
오솔길 끝의 널따란 공터로 나갔다.
이상한 도금양나무는 높은 야자수나
삼나무보다 커다란 가지들을 펼쳤고

모든 나무들보다 더욱 무성하였으며
거기서 마치 숲의 왕궁처럼 보였다.

리날도는 그 널따란 공터에 멈추어   26
놀라운 경이로움에 시선을 고정했다.
참나무 한 그루가 저절로 갈라졌고
자궁 같은 동공이 벌어지며 거기서
이미 성장한 요정이 이상스런 옷을
입고 밖으로 나왔으니, 경이롭도다!
또한 다른 수많은 나무들도 잉태한
동공으로 수많은 요정들을 낳았다.

마치 극장 공연이나 그림에 그려진   27
숲속 요정들을 이따금 보는 것처럼,
맨팔을 드러내고 멋진 반장화⁶에다
풀어헤친 머리칼에 옷을 걷어 올린
그런 모습으로 야생 나무껍질에서
태어난 거짓 딸들이 나타났는데,
단지 활과 화살통 대신에 류트나
비올라 또는 키타라를 들고 있었다.

6 본문에는 coturno로 되어 있는데, 복사뼈까지 올라오는 신발로 고대 그리스의 비극 배우
   들이 신었다.

그녀들은 원무를 추기 시작하였고   28
자기들끼리 화관 모양을 이루면서
마치 원의 둘레가 자신의 중심을
둘러싸는 것처럼 기사를 둘러쌌다.
도금양나무도 함께 둘러쌌고, 이런
달콤한 노래가 그들에게서 들렸다.
"오, 우리 여인의 사랑과 희망이여,
이 아늑한 곳에 정말로 잘 왔어요.

사랑의 생각에 타오르며 상처 입고   29
병든 그녀에게 건강을 주러 왔지요.
예전에는 그렇게 어두웠던 이 숲은
고통스런 삶에 합당한 곳이었는데,
당신이 오면서 더 즐겁고 행복한
모습으로 온통 바뀐 것을 보아요."
노래는 그랬으며, 부드러운 굉음이
천둥치면서 도금양나무가 벌어졌다.

옛날에 이미 조잡한 실레누스 상이   30
벌어지면서 놀라운 것이 나타났지만,[7]

---

7 그리스 신화에서 실레노스는 숲의 하급 신으로 종종 늙은 사티로스와 동일시되기도 한다.
사티로스는 하반신이 말이나 염소이고 상반신은 인간으로 디오니소스를 추종하는 괴물이
었다. 나무로 만든 조그마한 실레노스 조각상들 안에는 종종 신성한 그림들이 들어 있었다
고 한다.

그 큰 도금양나무의 열린 품 안에서
드물게 아름다운 모습이 나왔으니,
거짓 모습에서 천사의 아름다움을
완전히 닮은 여인이 거기서 나왔다.
리날도는 살펴보았는데 아르미다의
멋진 얼굴과 모습을 보는 듯하였다.

그녀는 즐겁고 괴롭게 그를 보았고   31
수많은 감정이 눈길에 섞여 있었다.
그녀는 "당신이 달아났던 여인에게
마침내 돌아오는 모습을 보는군요.
무엇 하러 왔어요? 내 외로운 밤과
슬픈 낮을 위안하기 위해 왔나요?
멋진 얼굴 뒤에 감춘 검을 드러내
전쟁으로 나를 쫓아내려고 왔나요?

연인, 아니면 적으로 왔나요? 나는   32
적에게 멋진 다리를 준비하지 않고,
덤불과 길을 가로막는 것을 없애고
강과 꽃과 샘을 열지 않았을 거예요.
친구로 왔다면, 이제 이 투구를 벗고
얼굴을 보이고 눈으로 내 눈을 봐요.
입술을 입술에, 가슴을 가슴에 대고,
최소한 손으로 내 손을 잡으세요."

그녀는 말하면서 연민을 일으키는   33
눈길을 돌렸고, 얼굴색이 변하였고,
거짓으로 부드러운 탄식과 감미로운
흐느낌과 달콤한 눈물을 위장하여,
그런 고통에 대한 부주의한 연민은
단단한 금강석도 녹일 정도였지만,
잔인하지 않으며 신중한 리날도는
더 기다리지 않고 검을 빼어들었다.

도금양나무로 가자, 그녀는 나무의   34
몸통을 껴안고 가로막으며 외쳤다.
"아, 당신이 내 나무를 자를 정도로
나에게 모욕을 가하지는 않겠지요!
잔인한 사람, 검을 내려놓거나 먼저
불행한 아르미다의 혈관을 찔러요.
검은 이 가슴과 이 심장을 통해야
내 도금양나무에 닿을 수 있어요."

간청을 무시하고 검을 쳐들었지만   35
그녀는 변했으니 (새로운 기적이여!)
마치 꿈이 신속한 변신으로 전혀
다른 모습을 보여주는 것 같았다.
팔다리가 커지고 얼굴이 검어지며
상아와 장미의 색깔들이 사라졌고,

아주 큰 거인으로 백 개의 무장한
팔을 가진 브리아레오스[8]가 되었다.

오십 개의 검을 들었고 오십 개의   36
방패를 흔들며 위협적으로 떨었다.
다른 요정들도 모두 무기로 무장한
끔찍한 키클롭스가 되었지만, 그는
겁내지 않고 나무에 타격을 가했고,
나무는 살아 있는 것처럼 신음했고,
허공에는 지옥의 공간이 된 것처럼
놀라운 괴물들이 수없이 나타났다.

하늘이 혼란해지고 땅이 울렸으며,   37
하늘은 번개를 치고 땅이 흔들렸고,
격렬한 바람과 폭풍우가 몰아치면서
그의 얼굴에 강한 폭풍을 몰아왔다.
하지만 리날도의 타격은 정확했고
그 혼란함에 전혀 멈추지도 않았고,
도금양나무 같던 호두나무를 잘랐다.
이제 마법이 풀려 유령도 사라졌다.

8 그리스 신화에서 우라노스와 가이아 사이에서 태어난 헤카톤케이르 형제들 중 하나로 백
   개의 팔과 오십 개의 머리를 가진 거대한 괴물이다.

하늘은 맑아지고 바람은 조용했고   38
숲은 예전의 자연 상태가 되었으니,
마법으로 끔찍하거나 즐겁지 않았고
무서웠지만 자연스런 무서움이었다.
숲이 잘리지 않도록 방해하는 것이
있는지 리날도는 다시 시도해본 뒤
웃으면서 혼자 말하였다. "오, 헛된
허상들이여! 남는 자는 어리석도다!"

그런 다음 천막으로 갔고 그동안   39
은둔자 피에로는 그곳에서 외쳤다.
"숲의 강한 마법은 벌써 무너졌고,
승리자 기사가 돌아오니 보아라!"
그는 멀리서 하얀 망토 차림으로
당당하고 존경할 태도로 나타났고,
이례적으로 눈부신 햇살에 그의
독수리 깃털들이 찬란하게 빛났다.

그는 진영에서 반복되는 함성들과   40
함께 즐겁고 커다란 인사를 받았고,
고프레도의 행복한 영광의 환대를
받았으며, 아무도 질투하지 않았다.
대장에게 말했다. "명령하신 대로
저는 그 무서운 숲에 가서 보았고,

마법을 물리쳤습니다. 이제는 길이
안전하니 사람들이 갈 수 있습니다."

그들은 숲으로 갔고, 좋은 것으로   41
판단되어 선택된 재료들을 구했고,
처음에는 평범한 제작자가 기계에
많은 기술을 사용할 줄 몰랐지만,
서까래를 등나무로 묶던 사람들이
이번에는 훌륭한 전문가가 되었다.
전에는 바다를 항해하는 선장이던
리구리아 출신 지휘관 굴리엘모[9]는

바다의 지배권을 사라센의 커다란   42
함대에게 넘기고 억지로 물러난 뒤
이제는 뱃사람들과 해양 무기들을
배에서 진영으로 이끌고 나갔으며,
기계들의 제작에서 비교할 수 없이
탁월한 전문가들 중 하나가 되었고,
자신이 계획하는 것들을 수행하는
수많은 군소 제작자들을 거느렸다.

그는 성벽들의 방어를 약화시키고   43

9 제노바 출신의 선장 굴리엘모에 대해서는 제9곡 86연 참조.

단단하고 높은 벽을 부술 수 있는
공성 기계들과 투석기들, 석궁들을
제작하기 시작하였을 뿐만 아니라,
더 큰 작업으로 안에는 소나무와
전나무로 짜여 있고, 불붙은 외부
공격[10]을 막아내게 밖에는 가죽들을
덧대어 입힌 놀라운 탑을 만들었다.

그 거대한 탑은 조립되어 섬세한   44
밧줄로 단단히 묶어서 고정되었고,
아래쪽에서는 숫양 머리 모양으로
만든 기둥이 튀어나와 충돌하였고,
중간에서는 다리를 펼치는데 종종
상대방 성벽과 연결되도록 걸치고,
탑의 꼭대기에서는 보다 작은 탑이
위로 솟아올라 더 커지도록 되었다.

평탄한 길에서는 무려 백여 개의   45
둥근 바퀴들로 달리듯이 빨랐으며,
무기들과 사람들을 가득 실은 채
커다란 어려움 없이 갈 수 있었다.
병사들은 미지의 기술과 일꾼들의

10 불이 붙은 화살이나 창, 나뭇가지 등의 공격을 말한다.

유능함을 주의 깊게 바라보았으며,
그동안에 첫 번째 탑[11]을 모방하여
동시에 두 개의 탑이 더 만들어졌다.

하지만 그동안 그들이 하는 모든   46
작업을 사라센인들은 알고 있었으니,
높은 성벽 위에 수비대가 배치되어
가까운 곳을 염탐하였기 때문이다.
물푸레나무들과 소나무들로 가득한
짐들이 숲에서 진영으로 가는 것을
보았고 기계를 보았지만 거기에서는
기계의 형태를 충분히 알 수 없었다.

그들 역시 기계를 만들었으며 아주   47
정교하게 탑들과 성벽을 보강했고,
전투에 지탱하기 어려운 부분에는
아주 튼튼하게 보강하여 마르스의
모든 노력이 함락시키는 데 전혀
소용없으리라고 그들은 믿었지만,
이스메노는 모든 방어지에 특이한
화염 무기들을 풍부하게 준비했다.

11 첫 번째 탑은 클로린다와 아르간테에 의해 불탔다. 티레의 굴리엘모가 기록한 바에 의하면
   예루살렘 공성에 세 개의 탑을 만들었다고 한다.

사악한 마법사는 소돔의 호수[12]에서   48
모은 역청과 유황을 함께 섞었는데,
지옥에서 아홉 번 둘러싸는 커다란
강[13]에서 가져온 것이라고 생각한다.
그 연기와 악취 나는 불을 얼굴에
던져 불에 타게 만들려고 하였는데
그런 잔인한 불로 그는 사랑하던
숲이 잘린 것을 복수하려고 하였다.

그렇게 진영에서 공격을 준비하고   49
도시에서는 방어를 준비하는 동안
프랑스 군대의 머리 위쪽 허공으로
비둘기 한 마리가 날아 지나갔다.
빠르게 날갯짓을 하지 않고 날개를
펼친 채 매끈한 허공을 날아갔는데,
그 소식을 전달하는 비둘기가 벌써
높은 구름에서 도시로 내려갔을 때,

어디에서 나온 것인지 매 한 마리가   50
굽은 부리와 큰 발톱으로 무장하고

---

12 사해.
13 스틱스 강을 가리킨다. 베르길리우스는 『아이네이스』 제6권 439행에서 스틱스 강이 지옥을
　　 아홉 겹으로 둘러싸고 있는 것으로 묘사한다.

진영과 성벽 사이에서 가로막았다.
비둘기는 싸움을 예상하지 못했고,
매는 높이 날면서 주요 천막[14]까지
뒤쫓아서 거의 잡을 것 같았으며,
부드러운 머리로 발톱을 뻗었는데,
비둘기는 고프레도의 품으로 숨었다.

고프레도는 받아들여 보호한 다음   51
비둘기에서 이상한 것을 보았으니,
실로 묶인 채 목에 매달려 봉인된
종이가 날개 아래에 감춰져 있었다.
종이를 풀어 펼쳤고 그 안에 담긴
길지 않은 글을 잘 알 수 있었다.
글에시 말했다. "유대의 군주에게
이집트의 대장이 인사를 보냅니다.

두려워하지 마시고 나흘이나 또는   52
닷새 날까지 단호히 저항하십시오.
내가 성벽을 해방하러 갈 것이며,
바로 당신의 적은 패배할 것이오."
그것이 종이에다 야만적인 언어로
적어놓은 글의 비밀 내용이었고,

14 고프레도의 천막이다.

그 당시 동방에서 전령으로 쓰던
비둘기 운반자에게 맡겼던 것이다.

고프레도는 비둘기를 풀어주었고   53
비밀의 폭로자가 되었던 비둘기는
자기 주인을 배신했다고 믿었는지
불행한 전령으로 돌아가지 않았다.
최고 대장은 지휘관들을 소집했고
편지를 보여주면서 이렇게 말했다.
"주님의 섭리가 어떻게 우리에게
모든 것을 드러내시는지 보십시오.

더 이상 늦출 수 없을 것 같으니   54
길들을 평탄하게 만들기 시작하고
남쪽 성문의 불편한 길을 넘어가게
땀과 노고를 아끼지 말도록 하시오.
거기에 기계의 길을 내기 어렵지만
할 수 있소. 내가 길을 점검하였소.
지형 때문에 안전한 그쪽의 성벽은
무기와 기계가 덜 배치되어 있다오.

라이몬도, 당신은 당신의 기계들로   55
그쪽에서 성벽을 공격하기 바라오.
잘 준비된 나의 무기들은 북쪽의

성문 앞에 배치할 것이며, 따라서
적이 그것을 보고 속아 그곳에서
우리의 주요 공격을 기다릴 텐데,
쉽게 움직여지는 커다란 내 탑을
옮기고 다른 곳에서 싸울 것이오.

카밀로, 당신은 동시에 셋째 탑을   56
나와 가까운 곳으로 끌고 가시오.”
그러자 그가 말하는 동안 옆에서
속으로 생각하고 있던 라이몬도가
말했다. “고프레도가 말한 의견에
덧붙이거나 없앨 것이 전혀 없소.
단지 그 외에 나는 적의 진영으로
누군가를 보내 비밀들을 염탐하고.

수집할 수 있는 한 확실하고 옳은   57
적의 숫자와 의도를 알면 좋겠소.”
그러자 탄크레디가 “그런 임무에
내 시종[15] 하나를 추천하고 싶어요.
재빠르고 영민하며 가벼운 발에다
신중하며 동시에 대담한 사람이고.
여러 언어를 할 줄 알고 목소리의

---

15 59연에서 이름이 나오는 바프리노Vafrino이다.

억양, 태도, 움직임을 잘 바꾸지요."

시종은 부름 받아 왔고 고프레도와   58
자기 주인의 의도를 이해한 다음에
웃으면서 얼굴을 들었고, 그 임무를
맡으며 말했다. "바로 떠나겠습니다.
곧바로 천막을 설치한 그곳 진영에
첩자로 들키지 않고 들어갈 것이며,
대낮에 진영 안으로 들어가서 모든
사람과 모든 말을 헤아릴 것입니다.

그 군대가 얼마이고 어떤지, 대장이   59
무얼 생각하는지 전해드리겠습니다.
대장의 내밀한 느낌과 가슴속 비밀
생각들을 알아낼 자신이 있습니다."
바프리노는 말했고, 지체하지 않고
짧은 겉옷을 기다란 망토로 바꾸어
입었고 목을 드러냈으며, 머리에는
휘어감은 긴 천을 주위에 감았고,[16]

시리아 활과 화살통을 둘러맸으며   60
모든 몸짓에서 야만인처럼 보였다.

16 간단히 말해 아랍인으로 변장했다는 뜻이다.

여러 언어를 유창하게 말하는 것을
들은 사람들은 모두 깜짝 놀랐고,
멤피스나 티레에서는 이집트인이나
포이니키아[17]인으로 믿었을 것이다.
그는 부드러운 모래밭을 달리면서
흔적도 안 남기는 말을 타고 갔다.

프랑스인들은 셋째 날이 되기 전에   61
험하고 힘든 길을 평평히 만들었고
동시에 기계들도 마무리를 했으니,
중단하지 않고 계속해서 일했으며
낮에 일한 데다 휴식까지 없애면서
밤에도 열심히 일하였기 때문이다.
이제 마지막 능력[18]을 발휘하는 데
그들을 가로막을 것이 전혀 없었다.

고프레도는 공격을 감행하기 전날에   62
대부분 기도를 하면서 보냈고 다른
모두가 자기 죄를 고백하고 위대한
성찬에서 영혼의 빵을 먹도록 했다.[19]

---

17 포이니키아Phoenicia는 지중해 동쪽 연안 현재의 레바논. 시리아, 이스라엘 북부를 포함하
　　는 지역을 가리키는 고대 지명이다.
18 최종적인 공격을 의미한다.
19 영성체를 하게 했다는 뜻이다.

그리고 사용하지 않으려는 곳에다
무기와 기계를 빽빽하게 배치했고,
거기에 속은 이교도들은 잘 방비된
성문의 공격으로 생각해 안심하였다.

그런 다음 밤의 어둠과 함께 크고   63
움직이기 쉬운 자기 기계를 성벽의
굴곡과 굽이진 곳이 적고 평탄하기
때문에 덜 방해받는 곳으로 옮겼다.
도시의 높은 언덕 쪽에는 라이몬도가
자신의 무장한 탑과 함께 있었으며,
카밀로는 북쪽에서 서쪽으로 약간
기우는 쪽에[20] 자신의 탑을 배치했다.

그렇지만 동쪽의 하늘에서 태양의   64
전령인 아침 햇살들이 나타났을 때
이교도들은 탑이 있어야 할 자리에
없는 것을 보고 상당히 당황하였고,
여기저기 보이지 않았던 다른 탑이
높이 솟은 것을 보았으며, 투석기와
석궁, 공성기, 다른 보조 장비[21]들이

---

20 말하자면 북서쪽에.
21 원문에는 gatto, 즉 "고양이"로 되어 있는데, 중세 유럽에서 사용된 공성기의 보조 장비이

무수하게 많이 늘어선 것을 보았다.

그리고 이교도들의 부대는 처음에   65
예상했던 곳에서 고프레도가 기계를
옮겨서 배치한 곳으로 벌써 수많은
방어 장비들을 이동해두고 있었다.
하지만 대장은 이집트 군대가 뒤에
있었으니까 벌써 그 길을 장악했고,
궬포와 두 로베르토[22]를 불러 말했다.
"무장한 채 말을 타고 있다가, 내가

저 성벽에서 약하게 보이는 곳을   66
오르는 동안, 적의 부대가 갑자기
뒤에 와서 우리 병사들을 공격하지
못하도록 그대들이 조치해주시오."
그런 다음 벌써 세 방향에서 아주
용감한 세 부대가 무섭게 공격했고,
내려놓았던 무기를 그날 다시 잡은
왕[23]은 세 방향에 병사를 배치했다.

　다. 공성기보다 작은 규모로 성벽을 가격하거나 무너진 잔해를 치우는 데 사용되었다.
22　제1권 38연 및 44연 참조.
23　알라디노. 내려놓았던 무기를 다시 들었다는 것은 나이가 많다는 것을 의미한다.

많은 나이로 떨리고 무거워져서   67
힘겨운 몸에다 왕은 오래전부터
사용하지 않던 갑옷을 자기 손으로
입고 라이몬도와 대적하러 갔으며,
솔리마노는 고프레도와, 아르간테는
카밀로와 대적했고, 그와 함께 있는
보에몬도의 조카[24]가 이제는 정해진
적을 죽이도록 행운이 안내하였다.

곧이어 궁수들은 치명적인 무기로   68
독이 묻은 화살들을 쏘기 시작했고,
화살들의 거대한 구름 아래 하늘은
검은 그림자가 드리운 것 같았다.
하지만 더 잔인한 타격은 강력한
힘으로 공성 기계들에서 나왔으니,
무겁고 커다란 돌덩어리들과 끝이
강철 쇠로 덧댄 기둥들이 나왔다.

모든 돌덩이가 마치 번개와 같이   69
맞은 사람의 사지와 갑옷을 깨고
영혼과 생명을 앗아갈 뿐 아니라
얼굴과 몸의 형태까지 빼앗았다.

24 탄크레디. 그는 아르간테와 최종적인 결투를 하게 된다.

창은 타격한 다음 상처에 멈추지
않고 자기 길을 훨씬 더 나갔고,
한쪽으로 들어가 맞은편으로 나와
달아나면서 죽음을 남기고 갔다.

하지만 강력한 공격이 이교도들을   70
방어에서 벗어나게 하지 못했으니,
그런 타격에 대항하여 벌써 유연한
천이나 부드러운 것을 늘어뜨려서
거기에 맞은 충격은 저항을 받지
못한 채 약하고 느려지게 되었고,
병사들이 가장 **빽빽한** 곳에서는
날아가는 무기로 격렬히 저항했다.

그렇지만 세 방향에서 공격을 하는   71
병사들은 멈추지 않고 나아갔으며,
누구는 화살들이 **빽빽한** 우박처럼
쏟아지는 공성기들 아래에서 갔고,
누구는 가능한 한 멀리 밀쳐내려는
높은 성벽으로 탑을 가까이 밀었고,
모든 탑은 벌써 다리를 내려놓았고
쇠를 덧댄 숫양 기둥으로 충돌했다.

그러는 동안 리날도는 망설였으니   72

자신에게 합당한 위험이 아니었고
만약 일반 병사들과 함께 간다면
낮은 영광이라 생각했기 때문이다.
그는 눈을 돌리면서 다른 사람이
포기하는 길만 시도하고 싶었다.
높고 잘 방비되어서 평온하게 있는
성벽 쪽으로 그는 공격하고 싶었다.

예전에 두도네가 이끌었던 유명한
기사들[25]을 향하여 그는 소리쳤다.
"오, 부끄럽다! 저기 저쪽 성벽은
많은 무기 속에서 편히 쉬는구나.
용감한 사람에게는 모든 위험이
안전하고 모든 길이 평탄하도다.
저쪽으로 공격하자. 강한 타격에는
방패로 빽빽한 거북 등을 만들자."

그 말에 모두들 그에게로 달려갔고 74
모두들 방패를 머리 위로 쳐들어서
연결시켜 무기들의 무서운 폭풍에
대항하도록 강철 지붕을 만들었다.
그 덮개 아래 강한 부대는 밀집해

---

25 용병들.

빠르게 갔고 아무도 막지 못했으니
그 강한 거북 등이 아래로 떨어져
내리는 것을 감당하였기 때문이다.

벌써 성벽 아래에 도착한 리날도는   75
계단들이 무수한 사다리를 세웠고,
팔로 사다리를 견고하게 조작하여
바람 앞의 갈대보다 더 유연했다.
이제 창이나 기둥, 서까래, 벽돌이
쏟아지는데도 그는 늦추지 않았고,
맞아도 굴복하지 않고 올림포스나
오사[26]가 무너져도 경멸했을 것이다.

쏟아지는 화살들의 숲과 벽돌들의   76
산더미를 그는 등과 방패로 막았고,
한 손으로 가까운 성벽을 흔들었고
다른 손을 쳐들어 머리를 보호했다.
그렇게 대담하고 특이한 공격으로
동료들을 이끌었고, 그 외에도 많은
병사가 높다란 사다리를 세웠지만,
무훈과 운명은 모두 똑같지 않았다.

---

26 올림포스 산은 그리스에서 가장 높은 해발 2,919미터의 산으로 고전 그리스 신화에서 신들
    의 궁전이 그곳에 있다고 믿었다. 오사 산은 올림포스 남쪽에 있고 해발 1,978미터이다.

떨어지고 죽었지만 높은 곳의 그는   77
이들을 위안하고 저들을 위협했으며,[27]
벌써 팔을 뻗어서 흉벽의 꼭대기를
붙잡을 정도로 높이 올라가 있었다.
그러자 많은 적이 몰려와 밀쳐내며
떨어뜨리려고 했지만 잡지 못했다.
놀라운 광경이여! 크고 강한 부대에
허공에 매달린 채 혼자 저항하였다.

저항하고 나아가며 더 강해졌으니   78
무게에 휘어진 야자수가 그러하듯
그의 무훈은 싸우면서 더 강해졌고
압박을 받으면서 더 높이 일어났다.
마침내 모든 적을 이겼고, 마주치는
창들과 장애물을 모두 다 넘어섰고,
성벽 위로 올라가 완전히 장악하여
뒤에 올라오는 자를 안전하게 했다.

그리고 그는 떨어질 위험에 직면한   79
경건한 고프레도의 마지막 형제[28]에게
우정 어린 승리자의 손을 내밀어서

27 동료들에게는 위안을 주었으며, 반면에 적들에게는 위협이 되었다는 뜻이다.
28 에우스타치오.

두 번째로 올라오게 도움을 주었다.
그러는 동안 다른 곳의 대장에게는
여러 가지 위험한 일이 일어났으니,
거기에서는 사람들만 싸우지 않고
기계들끼리도 함께 싸움을 벌였다.

방어자들[29]은 성벽 위에 예전에 배의   80
돛대로 쓰이던 기둥을 세워두었고,
그 위에 끝에 단단하게 쇠를 덧댄
커다란 서까래를 직각으로 달았고,
그 기둥을 밧줄로 뒤로 당겼다가
격렬하고 무겁게 앞으로 가게 하여
마치 거북이가 목을 껍데기 안으로
숨겼다가 밖으로 내미는 것 같았다.

커다란 서까래가 부딪치며 탑에다   81
격렬한 타격들을 반복하여 가하자
탑에 단단히 묶은 곳들이 느슨하게
풀렸으며, 탑이 물러나고 흔들렸다.
탑에는 바로 그럴 때 필요한 확실한
무기가 있었으니, 커다란 낫 두 개를
그 기둥을 향하여 정확하게 던졌고

---

29 원문에는 Siri, 즉 "시리아 사람들"로 되어 있다.

그것을 지탱하던 밧줄들을 끊었다.

마치 커다란 바위가 오랜 세월에 82
산에서 떨어지거나 바람에 뽑혀져
격렬하게 굴러가면서 숲과 집들과
가축들까지 휩쓸고 가며 부수듯이,
그 무서운 서까래는 높은 성벽에서
흉벽과 무기와 사람을 떨어뜨렸고,
그 충격에 탑이 두세 번 흔들렸고,
성벽이 떨리고 언덕이 메아리쳤다.

고프레도는 당당히 앞으로 나갔고 83
벌써 성벽을 장악했다고 믿었는데,
곧바로 악취와 함께 연기가 나는
불꽃들이 엄습해오는 것을 보았다.
동굴들이 많은 몬지벨로도 그렇게
많은 불꽃을 밖으로 내뿜지 않았고,
인도의 하늘도 여름 열기에 그렇게
많은 뜨거운 증기를 뿌리지 않았다.[30]

---

30 마케도니아의 알렉산드로스 대왕은 인도 원정에서 겪은 놀라운 사건들을 기록한 편지를
아리스토텔레스에게 보냈는데, 그중 하나로 하늘에서 불의 비가 내렸다고 한다. 그 일화를
인용하여 단테는 『신곡』 「지옥」 제14곡 31~33행에서 "알렉산드로스 대왕이 인도의 /
뜨거운 지방에서 자신의 군대 위로 / 불꽃들이 땅에 떨어지는 것을 보았다."고 이야기한
다.(김운찬 옮김, 열린책들, 110쪽)

불타는 단지와 막대기, 테두리에서
검은 불꽃과 핏빛 불꽃이 타올랐고,
악취가 풍기고, 굉음에 귀가 먹었고,
연기에 눈이 멀고, 불들이 타올랐다.
젖은 가죽도 결국에는 탑을 제대로
막지 못하여 가까스로 막고 있었고,
벌써 녹고 쭈그러지며 만약 하늘의
도움이 늦어지면 타버릴 지경이었다.

모두의 앞에 있던 너그러운 대장은
얼굴 표정이나 자리를 바꾸지 않고
화재에 대비해 준비한 물을 메마른
가죽에 붓는 병사들을 위로하였다.
병사들이 그런 상태에 빠져 있었고
벌써 물도 얼마 남지 않았을 무렵
갑자기 한 줄기 바람이 불어왔고,
불길을 붙인 자들 쪽으로 돌렸다.

불길 쪽으로 불어온 바람은 불을
이교도들이 세운 천막으로 돌렸고,
그 약한 천막은 곧바로 불타올랐고
모든 피난처를 한꺼번에 불태웠다.
오, 영광스러운 대장이여! 하느님의
보호를 받고 사랑을 받는 사람이여!

그대를 위해 하늘이 싸우고 바람이
나팔 소리의 부름에 순순히 왔구나!

하지만 사악한 이스메노는 바람에   87
유황불이 자신을 향하는 것을 보고
그릇된 기술을 다시 시도하여 적이
된 자연과 바람을 강요하려고 했고,
자신의 추종자 두 마녀를 거느리고
성벽 위에서 사람들 앞에 나타났고,
무섭고 음울한 수염으로 두 푸리아
사이에 선 카론[31]이나 플루톤 같았다.

코키토스와 플레게톤을 떨게 하는   88
말을 중얼거리는 것이 벌써 들렸고,
대기가 어두워지고 태양이 어두운
구름에 둘러싸이는 것이 보였는데,
그 순간 산에서 운반해온 커다란
돌덩어리가 높은 탑에서 날아와서
그들을 맞췄는데, 한 방에 모두의
피와 뼈를 동시에 흩어지게 하였다.

그렇게 사악한 머리들은 아주 작은   89

---

31 그리스 신화에서 죽은 사람들을 저승 세계로 안내하는 아케론 강의 뱃사공이다.

조각들과 핏덩이로 사라져버렸으니
무겁고 강한 맷돌 아래에서 곡물이
잘게 부서져 나오는 것과 비슷했다.
사악한 세 영혼은 신음하며 청명한
대기와 멋진 하늘의 빛살을 떠났고,
지옥의 악한 영혼들 사이로 달아났다.
인간들이여, 여기서 경건함을 배워라.

그동안 바람이 화재에서 안전하게   90
만들어준 덕택에 탑은 도시를 향해
가까이 다가갔고 성벽 위로 다리를
내리고 단단히 고정시킬 수 있었다.
하지만 강력한 솔리마노가 달려갔고
그 좁은 다리를 끊으려고 노력하며
타격을 배가했고 아마 끊었을 텐데,
갑자기 다른 탑이 눈앞에 나타났다.

커다란 탑은 더욱 커지면서 도시의   91
가장 높은 건물보다 더 높아졌으며,
사라센인들은 도시가 더 낮은 것을
바라보며 그런 괴물에 깜짝 놀랐다.
하지만 강한 투르크인은 돌 더미가
구름처럼 쏟아져도 움직이지 않고
다리 자르는 것을 포기하지 않았고

두려워하는 자들을 꾸짖고 북돋았다.

그러자 다른 사람에게 보이지 않게   92
고프레도의 눈앞에 미카엘 천사가
나타났는데, 하늘의 무장으로 맑은
태양까지 능가할 정도로 찬란했다.
"고프레도여, 이제 시온이 잔인한
예속에서 벗어날 시간이 되었도다.
당황스런 눈을 아래로 숙이지 말고
하늘이 어떤 힘으로 돕는지 보아라.

똑바로 두 눈을 쳐들고 허공에 모인   93
불멸의 엄청난 군대를 바라보아라.
너희들 인간의 감각에다 그림자를
드리우며 흐리게 만드는 인간성의
빽빽한 구름을 내가 걷어줄 테니,
순수한 영혼을 볼 수 있을 것이며,
짧은 순간 동안 천사들의 눈부신
빛살들도 바라볼 수 있을 것이다.[32]

그리스도의 기사였고 이제 하늘의   94

---

32 단테는 『신곡』 「천국」에서 천국의 광채는 너무 강렬하고 눈부시기 때문에 인간의 눈으로는
바라볼 수 없다고 이야기한다.

주민이 된 저 영혼들을 바라보아라.
그대와 함께 싸우고 높은 위업에서
영광의 끝을 그대와 함께할 것이다.
무너진 성벽 폐허와 뒤섞여 먼지와
연기가 물결치고 있는 곳을 보아라.
그 빽빽한 곳에서 우고네[33]가 싸우며
요새의 토대를 무너뜨리고 있도다.

그리고 저기에서 두도네[34]가 북쪽의   95
성문을 검과 불꽃으로 공격하면서
전사들에게 무기를 주고, 올라가게
부추기고, 사다리를 세우고 잡는다.
저기 언덕 위에 신성한 옷을 입고
머리 위에 성직 모자를 쓴 사람은
행복한 영혼인 아데마로[35] 목자이니,
지금도 성호를 긋고 축복을 내린다.

대담한 눈을 더 높이 들고 하늘의   96
저 통합된 커다란 부대를 보아라."
그는 눈을 들었고 한군데에 모인

---

33 제1곡 37연 및 제14곡 5연 이하 참조.
34 그는 아르간테에게 죽임을 당했다.(제3곡 45~46연 참조)
35 아데마로 주교는 클로린다에게 죽었다.(제11곡 44연 참조)

무수한 천사들의 부대를 보았다.
빽빽한 세 부대에, 각각의 부대는
세 부류로 돌면서 퍼져 나갔지만,
원들이 밖으로 더욱더 퍼질수록
안쪽의 원들은 더욱 작아 보였다.[36]

여기서 그는 눈부신 눈을 숙였다가   97
다시 들었는데, 놀라운 광경은 이제
보이지 않았고, 사방의 병사들에게
승리가 미소를 짓는 것을 깨달았다.
리날도를 뒤따라 탁월한 기사들이
많이 올라갔고 이교도들을 죽였다.
더 머뭇거리는 것이 싫은 대장은
충실한 시종 손에서 깃발을 받아

첫째로 다리를 건넜고 한중간에서   98
솔리마노에 의해 길이 가로막혔다.
그 작은 다리가 몇 번의 타격으로
드러날 무한한 역량의 싸움터였다.
솔리마노는 소리쳤다. "내 생명을

---

36 천사들은 모두 아홉 등급으로 분류되어 있는데(제11곡 7연 참조), 모두 동심원 형태로 배치되어 있다는 뜻이다.

다른 사람들[37]을 위하여 희생하련다.
친구들, 내 뒤에서 지금 이 다리를
잘라라. 난 쉬운 전리품이 아니다."

하지만 리날도가 멀리에서 무서운   99
얼굴로 다가오자 모두들 달아났다.
"어떡할까? 여기서 목숨을 잃으면
헛되이 낭비하는 것이 될 것이다."
그는 새로운 방어책을 생각하면서
대장에게 자유롭게 길을 내주었고,
대장은 위협하고 뒤쫓으며 성스러운
십자가 깃발을 성벽 위에다 꽂았다.

승리의 깃발은 비람에 휘날리면서   100
당당하게 주위의 사방으로 향했고,
거기에는 바람도 존경하듯 불었고
태양도 더 밝게 비추는 것 같았고,
그쪽으로 향하던 모든 화살이 피해
가거나 다시 돌아오는 것 같았으며,
시온 산과 그 맞은편 산이 즐겁게
경배하면서 몸을 숙이는 것 같았다.

37 예루살렘의 시민들을 가리킨다.

그러자 모든 부대들에서 환호하는 101
승리의 함성이 높이 솟아올랐으며,
산들이 울리면서 마지막 외침들을
되풀이했으며, 그 순간 탄크레디는
아르간테가 그에 대항하여 설치한
모든 방어를 무너뜨리며 승리했고,
자신의 다리를 설치하고 재빠르게
성벽으로 건너가 십자가를 세웠다.

하지만 정오 무렵 늙은 라이몬도가 102
팔레스티나의 폭군과 싸우는 곳에서
가스코뉴[38]의 기사들은 탑을 도시에
아직 가까이 연결시킬 수 없었으니,
왕이 정예 병사들을 데리고 있었고
그들이 집요하게 방어할 뿐 아니라,
그곳의 성벽이 확고하지 않았지만
많은 무기들로 방어했기 때문이다.

또한 그쪽에서는 다른 곳에 비해 103
큰 탑이 쉬운 길을 찾지 못했으며,
그곳에서는 기술이 지형의 자연적

---

38 가스코뉴는 라이몬도의 영지 툴루즈에서 가깝다.

상태를 충분히 억제할 수 없었다.[39]
그동안 승리의 함성이 가스코뉴
병사들과 방어자들에게 들려왔고,
폭군과 툴루즈 백작은 평탄한 쪽의
도시가 함락되었다는 것을 알았다.

라이몬도는 부하들에게 "오, 동지들,   104
다른 쪽에서는 도시가 점령되었다.
패하고도 저항하는가? 이제 우리만
그 영광스런 정복에서 배제되는가?"
하지만 결국 폭군은 방어의 희망이
없었기 때문에 거기에서 떠났으며,
공격을 해볼 수 있으리라 희망하는
더욱 튼튼하고 높은 곳으로 피했다.

그러자 모든 승리자 부대들이 단지   105
성벽뿐 아니라 성문으로도 들어갔고,
닫히고 강하게 저항하는 모든 것이
무너지고 열리고 불타고 파괴되었다.
검의 분노가 휩쓸고, 죽음이 자신의
동료인 공포와 비통함과 함께 갔고,

---

39 앞의 54연과 61연에서 말했듯이 굴곡진 길을 평탄하게 고르는 작업이 그곳에서는 충분히
　　이루어지지 않았다는 뜻이다.

피가 웅덩이를 이루었고, 죽었거나
죽어가는 육신들 사이로 흘러갔다.

제19곡

탄크레디와 아르간테는 최후의 결투를 벌인다. 아르간테는 죽고 부상당한 탄크레디는 기절한다. 전투는 성벽 안으로 이어져 약탈과 살육이 벌어지고, 알라디노와 솔리마노는 다윗 탑으로 피신한다. 이집트 진영에 잠입한 첩자 바프리노는 고프레도를 암살하려는 계획을 알아내고 아르미다와 함께 돌아온다. 아르미다는 부상당한 탄크레디를 발견하고 치료해준다.

죽음이나 신중함, 아니면 두려움이   1
모든 이교도를 성벽에서 몰아냈으며,
단지 집요한 아르간테 혼자만 아직
정복된 성벽에서 물러나지 않았다.
그는 어둡고 겁 없는 얼굴과 함께
적들 사이에서 아직 싸우고 있었고,
죽음보다 뒤로 밀려날까 두려웠고
죽어도 패배로 보이고 싶지 않았다.

하지만 무엇보다 위험한 공격자에게   2
탄크레디가 다가가 타격을 가하였다.
아르간테는 그의 차림새와 몸짓들,
갑옷을 보고, 전에 자신과 결투했고
여섯째 날 다시 오기로 약속했지만
약속을 지키지 않은 그를 알아보고

소리쳤다. "탄크레디, 너는 이렇게
약속을 지키느냐? 이렇게 오느냐?

늦게 혼자 온 것도 아니지만, 나는   3
너와 싸우는 것을 거부하지 않겠다.
너는 기사가 아니라 기계 발명자로
여기에 온 것처럼 보이지만 말이다.
네 부하들로 방패를 삼고, 이상하고
특이한 장치들에서 도움을 얻어도,
사악한 여자 살해자야,[1] 내 손에서
죽는 것을 너는 피하지 못할 것이다!"

훌륭한 탄크레디는 경멸의 미소를   4
지었으며 오만한 말로 대답하였다.
"돌아오는 것이 늦기는 했지만 이제
너에게는 너무 빠르게 보일 것이며,
산이나 바다가 중간에 가로막아서
나와 떨어져 있기를 열망할 것이니,
늦은 이유가 두려움이나 비열함이
아니라는 것을 싸우면서 알 것이다.

만약 네가 단지 거인들과 영웅들의   5

---

1   탄크레디가 클로린다를 죽인 것을 가리킨다.

살해자라면 한쪽으로 오도록 해라.

여자들의 살해자가 네게 도전한다."

그렇게 말했고 자기 부하들을 향해

공격하지 못하게 막으면서 외쳤다.

"이제 너희들은 공격을 하지 마라.

이자는 이제 공동의 적이 아니라

오래된 의무로 묶인 나의 적이다."

강한 아르간테는 "혼자이든 병사를   6

거느리든, 마음대로 아래로 내려가라.

번잡한 곳이든 한적한 곳이든, 나는

불확실하고 불리해도 놓치지 않겠다."

그렇게 잔인한 초대를 받아들였고

합의한 그들은 결투장으로 갔으니,

증오가 모두와 함께했고, 원한이

한쪽[2]을 상대의 방어자로 만들었다.

탄크레디에겐 명예의 열망이 컸고   7

이교도의 피에 대한 욕망도 컸으니,

다른 손에 의해 흘리는 피는 분노의

갈증을 꺼뜨리지 못한다고 생각해

방패로 그를 막으며 "공격하지 마라."

2   탄크레디. 그가 결투를 위해 적인 아르간테를 방어하게 되었다는 뜻이다.

멀리서 오는 병사들에게도 외쳤고,
그렇게 분노하고 승리한 무기들에서
아군 사이의 적을 안전하게 지켰다.

두 사람은 도시에서 밖으로 나갔고   8
진영의 천막들을 뒤에 남기고 갔다.
구불구불한 길이 비밀스런 굽이를
통하여 인도하는 곳으로 나아갔고,
여러 산들 사이의 그늘지고 협소한
계곡에 도착했는데, 마치 극장이나
아니면 결투 또는 사냥을 목적으로
주위를 막아놓은 곳과 비슷하였다.

거기에서 둘은 멈추었고 아르간테는   9
고통스런 도시를 망연히 바라보았다.
이교도에게 방패가 없는 것을 보고
탄크레디는 자기 방패를 던져버리고
말했다. "무슨 생각을 하는 것이냐?
정해진 시간이 되었다고 생각하느냐?
그것을 예견하고 겁이 난 것이라면
그런 네 두려움은 이제 너무 늦었다."

아르간테는 "유대의 오래된 여왕인   10
저 왕국의 도시를 생각하고 있었다.

숙명적 파멸을 막으려는 내 노력도
쓸모없이 이제 패배하여 무너지고,
하늘이 나에게 맡기시는 네 머리도
내 경멸에는 초라한 복수일 것이야."
그리고 두 사람은 서로의 용맹함을
잘 알고 있었기에 신중히 접근했다.

탄크레디는 몸이 상당히 민첩하고   11
유연하며 손과 발이 아주 재빨랐고,
아르간테는 머리 하나 정도 더 컸고,
몸집이 훨씬 더 거대하고 강력했다.
탄크레디는 몸을 웅크리고 돌면서
급습하고 아래를 공격하려고 했고,
자기 검으로 적의 검을 막았으며
온갖 방법으로 빗나가게 만들었다.

하지만 아르간테는 똑바로 선 채로   12
그와 다르지만 노련한 검법을 썼고,
긴 팔을 가능한 한 앞으로 내밀어
상대방의 검이 아닌 몸을 겨냥했다.
탄크레디는 매번 다른 곳을 노렸고,
아르간테는 매번 얼굴을 가격하고
위협하면서 그의 돌발적인 공격과
재빠른 이동을 막으려고 시도했다.

마치 바다의 벌판으로 남풍이 전혀   13
불어오지 않을 때 싸우는 해전에서
하나는 더 크고 또 하나는 더 빠른
두 척의 다른 배가 똑같이 보이며,
하나는 이물에서 고물로 재빠르게
공격하고, 하나는 움직이지 않다가
더 가벼운 배가 가까이 접근할 때
위에서 큰 공격을 하는 것 같았다.

탄크레디가 대적하는 상대방 검을   14
피하면서 아래쪽을 공격하는 동안
아르간테는 칼끝으로 눈을 겨누며
타격을 했고, 탄크레디는 피했지만,
이교도의 검이 너무 격렬하고 너무
빠르게 내려와 방어자의 옆구리를
찔렀고, 부상당한 옆구리를 보면서
외쳤다. "검술가가 제 검술에 졌다."

탄크레디는 분노와 부끄러움 속에서   15
괴로웠고 그래서 신중함을 내던졌고,
승리가 늦어진다면 자신의 패배라고
생각했을 정도로 복수를 열망했다.
아르간테의 모욕에 검으로 대꾸했고
시야를 위한 투구의 틈[3]을 공격했고,

아르간테는 타격을 막아냈고, 이제
탄크레디는 단호히 가깝게[4] 다가갔다.

그리고 왼쪽 발을 신속히 옮기면서   16
왼손으로 그의 오른팔을 붙잡았고,
그러면서 오른손으로 그의 왼쪽에
칼끝으로 치명적인 타격을 가하며
말했다. "이것은 패배한 검술사가
승리자 스승에게 보내는 대답이다."
아르간테는 몸을 떨고 흔들었지만
붙잡혀 있는 팔을 빼낼 수 없었다.

결국 검을 줄[5]에 매달리게 놓았고,   17
탄크레디 밑으로 밀치고 들어갔다.
탄크레디도 똑같이 했고, 두 기사는
강하게 서로의 몸을 움켜잡았으며,
헤라클레스도 더 강하게 큰 거인[6]을
불타는 모래밭에서 쳐들지 못했을
정도로 강하게 서로의 튼튼한 팔로

---

3 눈으로 볼 수 있도록 투구에 길게 갈라진 틈을 가리킨다.
4 원문에는 a mezza spada, 즉 "검의 절반에"로 되어 있다.
5 기사들은 검을 떨어뜨리거나 놓치지 않도록 팔목에 줄이나 사슬로 묶어놓았다.
6 그리스 신화에 나오는 기가스, 즉 거인들 중 하나인 안타이오스를 가리킨다. 리비아 사막
   에 살던 그는 땅에 닿을 때마다 더 강해졌기 때문에 헤라클레스는 그를 허공에 들어 올려
   싸움으로써 죽였다고 한다.

여러 방법으로 강하게 움켜잡았다.

그렇게 움켜잡고 그렇게 흔들면서　　　　　　　　　　18
두 사람은 동시에 옆으로 쓰러졌다.
아르간테는 자기 기술인지 우연인지
오른팔이 위에 왼팔이 밑에 있었다.
그렇지만 타격에 보다 유능한 손이
탄크레디의 몸 아래에 눌려 있었고,
불리함과 위험을 깨달은 탄크레디는
상대방과 떨어져 두 발로 일어났다.

아르간테는 늦게 일어났고 제대로　　　　　　　　　　19
일어서기 전에 검의 타격을 받았다.
하지만 마치 바람에 소나무가 무성한
우듬지를 숙였다가 동시에 일으키듯,
거의 땅바닥에 쓰러질 것처럼 몸을
숙였다 다시 똑바로 일으켜 세웠다.
여기에서 서로의 타격이 시작되었고
싸움은 기술도 없이 더 격렬해졌다.

탄크레디는 여러 군데 피를 흘렸고,　　　　　　　　　　20
아르간테는 거의 개울처럼 흘렸으며,
마치 희미하게 약해지는 불꽃처럼
힘이 빠지면서 분노도 줄어들었다.

탄크레디는 그가 피를 흘리는 팔로
휘두르는 검이 느려지는 것을 보고,
너그러운 마음에 분노를 내려놓고
뒤로 물러나면서 평온하게 말했다.

"강한 자여, 항복하고, 나나 행운을   21
그대의 승리자로 인정하기 바라네.
나는 너에게 승리나 영광을 바라지
않고 어떤 권리도 요구하지 않으리."
아르간테는 어느 때보다도 무섭게
모든 분노를 일깨워 모으며 말했다.
"그러니까 네가 이겼다고 생각하고
아르간테를 비열하게 만들려는 게냐?

네 운명을 이용하여라. 나는 조금도   22
두렵지 않고 네 광기를 벌할 테니까."
마치 횃불이 꺼지기 전에 불꽃들을
되살려 환히 빛나며 꺼지는 것처럼,
그는 쇠진한 피에 분노를 채우면서
이미 약해진 힘에 활력을 불어넣고,
벌써 가까이 다가온 죽음의 순간을
용감한 종말로 환히 빛내고 싶었다.

왼손으로 오른손을 함께 맞잡았고   23

두 손으로 검을 움켜잡아서 아래로
힘껏 내리쳤으며, 탄크레디의 검이
가로막았는데도 밀치고 나아갔고,
어깨로 내려가 옆구리로 지나가며
단번에 여러 군데 상처를 남겼다.
탄크레디는 자연이 자신의 마음을
담대하게 해주어서 두렵지 않았다.

아르간테는 타격을 배가해도 힘과   24
분노를 헛되이 바람에 흩뜨렸으니,
탄크레디가 주의 깊게 그의 타격을
피해 한쪽으로 물러났기 때문이다.
아르간테여, 너는 몸무게에 이끌려
땅에 쓰러졌고 일어날 수 없었지만,
혼자 쓰러진 것이 다행으로 누구도
널 쓰러뜨렸다고 자랑하지 못하리라.

쓰러지면서 상처들이 더욱 벌어지며   25
짓눌린 피가 흘러나와 널리 퍼졌고,
그는 왼손으로 땅을 짚고 무릎으로
일어나 몸을 돌려 방어하려고 했다.
"항복해라." 승리자는 공격하지 않고
친절하게 그에게 새롭게 제안했다.
그동안 아르간테는 몰래 검으로

그의 발꿈치를 찌르며 위협하였다.

그러자 격분한 탄크레디가 말했다.   26
"내 자비를 그렇게 저버리는 거냐?"
그리고 눈가리개의 열린 틈 사이로
여러 차례 검을 찌르고 또 찔렀다.
아르간테는 살았던 것처럼 죽었고,
죽으면서 탄식하지 않고 위협했다.
그의 마지막 말과 마지막 목소리는
오만하고 놀라웠으며 또 끔찍했다.

탄크레디는 검을 내려놓고 경건하게   27
하느님께 승리의 영광을 감사했지만,
그 유혈이 낭자한 승리는 승리자의
힘을 거의 모두 소진하게 만들었다.
그는 힘이 없었기 때문에 움직여서
걸어갈 수 있을까 걱정이 되었지만
그래도 걸어갔고, 그렇게 왔던 길로
한 걸음씩 겨우 지친 다리를 옮겼다.

하지만 허약한 몸을 이끌지 못했고   28
노력하면 할수록 더욱더 지쳤으며,
그래서 땅바닥에 앉아 마치 떨리는
갈대 같은 오른손에다 뺨을 기댔다.

눈에 보이는 것이 빙빙 돌아가면서
낮이 어둠으로 흐려지는 것 같았다.
결국 그는 기절했고, 이제 승리자는
패배자와 구별할 수 없을 정도였다.

여기서 탄크레디가 사적인 이유로　　　　　　　　　　29
그렇게 격렬한 결투를 하는 동안에
그리스도 병사들의 분노는 도시의
죄 지은[7] 백성들에게 떠돌아다녔다.
그 함락된 도시의 고통스런 모습을
누가 충분히 글로 묘사할 것이며,
그 잔혹하고 비참한 광경을 말로
자세히 이야기할 수 있을 것인가?

벌써 온 사방이 학살로 가득했고　　　　　　　　　　30
뒤엉킨 육신들이 산처럼 쌓였으니,
죽은 자들과 부상당한 자들, 그리고
죽어가는 자들이 한데 쌓여 있었다.
비통한 엄마들은 산발한 머리칼로
아기를 가슴에 껴안고 달아났으며,
전리품과 약탈한 물건들이 가득한
승리자는 처녀의 머리칼을 잡았다.

7　이교도이기 때문에 죄를 지은 것으로 보고 있다.

하지만 성전[8]이 있는 동쪽의 가장 31
높은 언덕으로 올라가는 길에서는
적의 피에 젖어 끔찍한 리날도가
사악한 사람들을 뒤쫓아 달려갔다.
용맹한 그는 무장한 머리들 위로
강한 검을 높이 들고 학살했으니,
어떤 투구나 방패도 막지 못했고
비무장의 상태가 유일한 방어였다.

단지 검에만 고귀한 검을 사용했고 32
무력한 자에게는 잔인하지 않았으며,
갑옷도 없이 무장하지 않은 자들은
무서운 목소리와 눈길로 쫓아버렸다.
그는 놀라운 무훈을 보이며 때로는
경멸하거나 위협하고 타격을 가했고,
비무장이거나 무장한 자들을 동시에
서로 다른 위험으로 달아나게 했다.

전혀 무장하지 않은 사람들과 함께 33
선발된 기사들의 적지 않은 무리는,
여러 번 불타고 파괴되었지만 최초
설립자 솔로몬의 이름으로 불리고,

8   뒤에서 구체적으로 말하듯이 솔로몬의 성전을 가리킨다.

그가 나무들[9]과 황금과 대리석으로
멋지게 장식했던 성전[10]으로 피했다.
지금은 그리 화려하지 않지만 높은
탑과 철문으로 튼튼하고 견고했다.

그들 무리들이 모여 있는 널찍하고   34
높다란 곳에 도착한 위대한 기사는,
문들이 닫혀 있고 탑 위에 수많은
방어 무기들이 설치된 것을 보았다.
무서운 눈을 들어 높은 꼭대기에서
바닥까지 두 번이나 샅샅이 살폈고,
마찬가지로 두 번이나 재빠른 발로
그곳을 돌면서 좁은 통로를 찾았다.

마치 약탈자 늑대가 탐욕스런 입과   35
타고난 증오와 분노에 자극을 받아
어두운 한밤중에 울타리 안에 있는
가축들의 주위를 배회하는 것처럼,
그는 평탄한 곳이든 가파른 곳이든

---

9 원문에는 cedri, 즉 "레바논삼나무들"로 되어 있다.

10 『성경』에 의하면 시온 산에 세워진 최초의 성전은 기원전 587년 예루살렘을 점령한 바빌로
니아의 네부카드네자르에 의해 파괴되었다. 이후 유대인들이 다시 성전을 건축했지만 또
다시 바빌로니아에 의해 파괴되었고, 이어서 헤로데가 세운 성전도 서기 70년 유대 전쟁
때 당시 로마의 장군 티투스에 의해 파괴되었다.

열린 통로를 찾으며 주위를 돌다가
결국 넓은 빈터에 멈췄고, 위에서는
불쌍한 사람들이 공격을 기다렸다.

어떤 용도로 쓰려던 것인지 모르나   36
한쪽에 커다란 서까래가 있었는데,
리구리아의 배[11]도 그렇게 커다랗고
높은 돛대를 사용하지 않을 것이다.
리날도는 무거운 것도 가볍게 드는
손으로 서까래를 문으로 가져갔고,
마치 창으로 그러는 것처럼 매우
격렬하고 강하게 문에다 부딪쳤다.

강력하게 반복되는 그런 부딪침에   37
돌이나 강철도 버티지 못할 것이니,
벽에서 삐걱거리는 경첩을 뽑아냈고
자물쇠를 부수고 문을 쓰러뜨렸다.
어떤 공성 기계나 치명적인 번개,
대포도 그렇게 하지 못할 것이다.
열린 틈 사이로 병사들이 홍수처럼
들어갔으며 리날도도 뒤따라갔다.

11 이탈리아 북서부 해안 지방 리구리아의 중심지 제노바는 베네치아와 함께 해양 국가로 유
    명했다.

하느님의 집이었던 그 고귀한 집은   38
비참한 학살로 음울해지고 슬퍼졌다.
오, 하늘의 정의는 사악한 백성에게
심각한 만큼 얼마나 더디게 가는지!
당신의 비밀스런 배려에 신자들의
분노가 일깨워지고 더 잔인해졌다.
사악한 이교도들은 자신들의 피로
이미 모독한 성전을 깨끗이 씻었다.

하지만 그러는 동안에 솔리마노는   39
다윗 탑이라고 부르는 곳으로 갔고,
남은 병사들을 그곳으로 모았으며
이쪽저쪽 길과 주위를 가로막았고,
폭군 알라디노 역시 그곳으로 갔다.
폭군을 보자 솔리마노는 말하였다.
"오, 유명한 왕이여, 이리 오시오.
저 위의 강력한 요새로 피하시오.

광기 어린 적들의 검에서 당신의   40
안전과 왕국을 보살피도록 말이오."
그러자 왕은 "세상에! 저 야만적인
경멸에 도시가 토대부터 파괴되고
나의 목숨과 왕국이 무너지는구나.
내가 살고 통치했지만 이제 아니구나.

'예전에 있었다.'고 말하게 되었으니,
모두에게 불가피한 마지막 날이오."

그러자 괴로운 표정으로 대답했다.　　　　　　　41
"폐하의 옛 역량은 어디 있습니까?
적의 운명이 우리 왕국을 빼앗아도
왕의 위엄은 아직 우리의 것입니다.
하지만 저 안에서 피곤하고 무거운
폐하의 육신을 노고에서 회복하세요."
그렇게 말했고, 늙은 왕이 수비가
견고한 탑으로 몸을 피하게 했다.

자신은 쇠몽둥이를 두 손으로 들고　　　　　　　42
믿음직한 검을 옆구리에 둘렀으며,
담대하게 길목에 지켜 서서 프랑스
병사들에게 길을 가로막고 지켰다.
그의 치명적 타격들은 놀라웠으니
죽이지 않으면 최소한 쓰러뜨렸고,
무서운 쇠몽둥이가 가까이 다가오자
모두들 가로막힌 광장에서 달아났다.

그러자 강력한 부대를 뒤에 이끌고　　　　　　　43
툴루즈의 라이몬도가 그곳으로 왔다.
담대한 노인은 그 위험한 길목으로

달려갔고 위험한 타격들을 저지했다.
그가 먼저 공격하였지만 헛되었는데,
두 번째 공격자[12]는 헛되지 않았으니
그의 이마를 맞추어 두 팔을 벌린 채
떨면서 땅바닥에 뒤로 쓰러지게 했다.

이제 패배자들에게는 두려움에 쫓겨   44
달아났던 역량이 다시 되돌아왔으며,
승리자 프랑스인 병사들은 입구에서
밀려나거나 죽어 쓰러지기도 하였다.
솔리마노는 발아래 죽은 자들 사이에
졸도해 쓰러져 있는 라이몬도를 보고
병사들에게 외쳤다. "이 자는 방벽의
안으로 들어왔다가 포로가 되었구나."

병사들은 명령을 수행하려고 했지만   45
힘들고 강력한 어려움에 부딪쳤으니,
그 누구도 라이몬도를 방치하지 않고
모두 보호하려고 달려갔기 때문이다.
한쪽은 광기가, 한쪽은 연민의 정이
싸웠고 그 원인은 사소하지 않으니,
그런 위대한 사람의 자유와 생명을

12 솔리마노.

이쪽은 지키고, 저쪽은 없애려 했다.

번개 같은 쇠몽둥이에는 이중 방패나   46
섬세한 강철 투구도 소용이 없었기에,
만약 싸움이 오래 지속되면 복수에
집착한 솔리마노가 승리했을 것이나,
여기저기에서 그의 적들에게 커다란
도움이 새롭게 서둘러 도착하였으니,
마주보는 두 곳에서 최고의 대장과
훌륭한 기사[13]가 한 지점으로 모였다.

마치 주위에서 바람이 불고 천둥과   47
번개가 치고 있는 동안 많은 구름이
낮을 어둡게 만드는 것을 본 목동이
넓은 벌판에서 양 떼를 불러 모으고,
하늘의 분노를 피해 안전하게 잠시
머물 만한 곳을 황급하게 찾으면서,
지팡이와 고함으로 양 떼를 앞으로
몰고 가며 자신은 뒤에 따라가듯이,

그렇게 막을 수 없는 회오리바람과   48
폭풍우가 놀라운 함성으로 하늘을

---

13 고프레도와 리날도.

채우고 이쪽과 저쪽에서 병사들이
빽빽이 몰려오는 것을 본 이교도는
큰 탑을 향하여 수비하던 병사들을
앞에 보내고, 자신은 마지막에 남아
마지막에 떠남으로써 위험 상황에서
신중한 판단으로 대담하게 보였다.

그렇지만 성문 안으로 피하는 것이   49
힘들었으니, 성문을 닫자마자 벌써
리날도가 방벽을 부수더니 문턱을
넘어섰으며 멈추지 않고 나아왔다.
그는 무훈에서 견줄 수 없는 자들을
넘어서려는 욕망과 맹세에 이끌렸고,
스베노를 죽인 자를 죽일 것이라고
서원으로 약속한 것을 잊지 않았다.[14]

그리고 분명 그 불패의 손은 바로   50
난공불락의 요새를 공격하려 했고,
아마 그 안에서 솔리마노도 자신의
운명에서 안전하지 않았을 것이나,
대장이 벌써 퇴각 나팔을 불었고
사방의 지평선이 벌써 어두워졌다.

14 제17곡 83~84연 참조.

고프레도는 도시 안에서 묵고 날이
밝으면 다시 공격을 할 예정이었다.

즐거운 표정으로 병사들에게 말했다. 51
"위대한 하느님께서 돌봐주신 덕택에
임무의 중요한 일은 끝나고 조금만
남아 있고, 걱정할 것이 전혀 없소.
불신자들의 마지막 초라한 희망인
저 탑은 내일 함락하게 될 것이오.
그동안에 병들고 부상당한 자들을
신속한 사랑으로 보살피기 바라오.

자신들의 피로 우리의 이 고향을 52
정복한 자들을 빨리 치료해주오.
그리스도 기사들에게는 전리품이나
복수의 욕망보다 그것이 필요하오.
아! 오늘 너무 많은 학살을 보았고
일부 황금의 탐욕이 너무 많았으니.
더 이상 약탈과 폭력을 금지하겠소.
내 금지령을 나팔로 공표할 것이오."

그리고 정신을 되찾은 라이몬도가 53
아직도 신음하고 있는 곳으로 갔다.
솔리마노도 똑같이 대담한 표정으로

부하들에게 말했지만 마음이 아팠다.
"동지들, 희망의 꽃이 살아 있는 한
운명의 타격 앞에 굴복하지 마시오.
오늘 거짓 공포의 겉모습 아래 있는
피해가 별로 심하지 않기 때문이오.

적들은 성벽과 지붕, 비천한 군중만   54
장악했을 뿐 도시는 장악하지 못했소.
도시는 바로 왕의 머리에, 여러분의
가슴과 여러분의 손에 있기 때문이오.
왕과 선발된 기사들이 무사히 있고
강한 수비가 우리를 둘러싸고 있소.
프랑스 사람들은 버려진 땅의 헛된
전리품만 갖고 결국 패배할 것이오.

결국은 패배할 것이라고 확신하오.   55
왜냐하면 번창하는 운명 속에서는
파렴치한 사람들은 살인과 강탈에,
모욕적인 포옹[15]에 몰두하게 되는데,
파괴와 강탈, 성폭행에 빠진 그들을
쉽게 이기고 죽일 것이기 때문이오.
그렇게 오만한 동안 이집트 군대가

15 뒤이어 말하는 성폭행을 의미한다.

올 것이며, 그다지 멀리 있지 않소.

그러는 동안 우리는 도시에서 높은   56
건물들을 돌멩이로 장악할 것이며,
우리의 무기는 무덤[16]으로 가는 모든
길들을 적들에게 가로막을 것이오."
그렇게 지친 마음에 활력을 주었고
이교도들에게 희망을 되찾게 했다.
거기서 그런 일들이 일어나는 동안
바프리노[17]는 많은 군대 안으로 갔다.

바프리노는 이미 태양이 기울 무렵   57
염탐할 적의 부대를 향해 출발했고,
마치 한밤중의 외로운 여행자처럼
미지의 어두운 길을 따라 나아갔다.
그는 아침이 동쪽의 발코니 밖으로
나오기 전에 아스클론을 지나갔고,
햇살이 중천에 이르렀을 무렵에는
방대한 진영이 그의 눈에 들어왔다.

파랗고 빨갛고 노란 깃발이 위에서   58

---

16 원문에는 대문자로 되어 있는데, 예수 그리스도의 무덤을 가리킨다.
17 이집트 군대를 염탐하도록 보낸 탄크레디의 시종이다. (제18곡 57연 이하 참조)

휘날리는 수많은 천막들을 보았고,
다양한 언어들과 수많은 북과 나팔,
다른 야만적 악기 소리들이 들렸고,
웅장한 말들이 우는 소리 사이에서
코끼리와 낙타들의 소리도 들렸다.
그는 생각했다. "아프리카와 아시아
전체가 이곳으로 옮겨온 것 같구나."

먼저 진영 위치가 얼마나 튼튼하고 59
어떤 계곡이 둘러쌌는지 살펴본 뒤
그는 감추어진 비밀 길로 가지 않고
오고가는 사람들에게서 숨지도 않고
웅장한 문들 사이로 난 반듯한 길로
가면서 때로는 질문하거나 대답했다.
영민하고 신속한 대답이나 질문에
대담하고 과감한 표정을 덧붙였다.

길들과 광장들과 천막들 사이로 60
이곳저곳으로 빠르게 돌아다녔고,
병사들과 말들과 무기들을 살피고
전술을 관찰하고 이름들을 알았다.
거기에 만족하지 않고 과감하게도
비밀 계획의 일부까지 염탐하였다.
그는 노련하고 자유롭게 돌아다니며

최고의 천막[18]으로 들어가기도 했다.

그리고 거기에서 바라보니 천막의   61
찢어진 틈 사이로 목소리가 들려왔고,
그래서 그곳이 바로 사령부의 방에서
가장 내밀한 곳이라는 것을 알았고,
그리하여 총대장의 비밀은 밖에서
엿듣는 사람에게 감춰지지 않았다.
바프리노는 염탐을 하였지만 마치
천막을 수리하는 것처럼 위장했다.

최고의 대장은 머리를 드러냈으며   62
갑옷에 보라색 망토를 입고 있었다.
두 시종이 투구와 방패를 들었으며,
들고 있는 창에 약간 기댄 채 그는
옆에 있는 크고 튼튼하며 음흉하고
잔인한 표정의 기사를 바라보았다.
염탐하던 바프리노는 고프레도의
이름 소리를 듣고 귀를 기울였다.

대장이 말하였다. "그러니까 그대가   63
고프레도를 그렇게 분명히 죽이겠소?"

---

18 이집트 군대의 총대장 에미레노(제17곡 32연 이하 참조)의 천막이다.

그러자 "확신합니다. 성공하지 못하면
궁정에 돌아오지 않겠다고 맹세합니다.
나와 함께 맹세한 자들과 갈 것이며,
그에 대한 보상으로 단지 카이로에
무기와 함께 멋진 전승비를 세우고
밑에 이렇게 새기는 것만 원합니다.

'이 전쟁 무기는 바로 오르몬도가   64
아시아의 파괴자였던 프랑스 대장의
영혼을 뽑으며 빼앗은 것으로 모든
시대가 기억하도록 여기 걸어둔다.'"
대장은 "친절하신 왕께서 그 위대한
일을 영광 없이 방치하지 않으시고
그대 요구를 분명 들어주실 것이며,
커다란 보상을 덧붙여주실 것이오.

이제는 전쟁의 날이 가까워졌으니   65
속임수 갑옷을 준비하도록 하시오."
"이미 준비되어 있습니다." 그렇게
말한 다음 대장과 그는 침묵하였다.
그런 엄청난 말을 들은 바프리노는
궁금해졌고, 그것이 어떤 음모인지,
어떤 거짓 갑옷인지 혼자서 속으로
생각했지만 충분하게 알 수 없었다.

그래서 그날 밤에는 줄곧 뜬눈으로   66
보냈고 전혀 눈을 감을 수 없었다.
하지만 또다시 아침 바람에 모든
진영이 깃발을 펼치게 되었을 때,
그도 다른 병사들과 무리를 이루어
행군하였고, 함께 진영에 머물렀고,
또다시 천막 사이를 돌아다니면서
진실을 확실하게 알아보려고 했다.

기사들과 여인들 사이에 화려하고   67
높이 앉은 아르미다를 발견했는데,
혼자 고립된 채 한숨을 쉬며 자기
생각들과 이야기를 하는 것 같았다.
그녀는 하얀 손 위에 뺨을 기대고
사랑스런 눈으로 땅을 바라보았고,
울고 있었는지 모르겠지만 눈물이
가득하고 젖은 눈을 볼 수 있었다.

맞은편에 앉은 강한 아드라스토가   68
꼼짝하지 않고[19] 바라보고 있었는데,
그녀에게 매달리고 그녀를 응시하며
굶주린 욕망을 부채질하는 듯했다.

---

19 원문에는 "눈도 깜박이지 않고 숨도 쉬지 않는 것처럼"으로 되어 있다.

티사페르노는 이 사람, 저 사람을
보며 열망하고 분노하는 듯하였고,
때로는 경멸적인 분노로 또 때로는
사랑으로 고귀한 얼굴을 물들였다.

그리고 알타모로는 약간 한쪽에서   69
둥글게 여인들에 둘러싸여 있었다.
그는 욕망을 방만하게 놔두지 않고
교묘하게 탐욕의 눈길을 돌렸으며,
손과 얼굴을 번갈아가면서 보았고,
때로는 가장 내밀한 부분을 보았고,
부주의하게 두 젖무덤 사이로 열린
베일의 비밀스런 길을 바라보았다.

마침내 아르미다는 눈을 들었는데   70
잠시 아름다운 얼굴이 맑아졌으며,
눈물의 구름 사이로 달콤한 미소가
재빨리 번개처럼 펼쳐지며 말했다.
"기사님, 당신의 약속을 기억하자면,
곧바로 복수할 것으로 기대하기에
내 영혼의 고통은 많이 줄어들고,
복수의 기대에 분노도 완화됩니다."

아드라스토는 대답했다. "오, 제발!   71

슬픔을 걷어내고, 고통을 줄이세요.
리날도의 사악하고 잘려진 머리를
발밑에서 곧바로 보게 될 테니까요.
만약에 포로로 원한다면, 이 복수의
손으로 포로로 끌고 올 것입니다.
그렇게 맹세했지요." 티사페르노는
가만히 있었지만 속으로 괴로웠다.

그녀는 티사페르노에게 부드러운   72
눈길로 "당신은 어떻게 생각하세요?"
그는 냉소적으로[20] "나는 느니까
이 용감하고 무서운 사람의 무훈을
멀리서 따르려고 노력할 것입니다."
그런 말로 그는 상대방을 자극했다.
그러자 상대방은 "멀리서 뒤따르고
비교하기 두려운 것은 당연하겠지요."

티사페르노는 머리를 흔들며 말했다.   73
"오, 내가 내 마음대로 할 수 있다면!
이 검을 자유롭게 사용할 수 있다면!
내가 느린지 곧바로 증명할 것인데.
나는 네 자랑이 두려운 것이 아니라,

20 냉소적인 태도로 대답했다는 뜻이다.

하늘과 적대적인 아모르가 두렵다."
아드라스토가 도전하려 일어났지만
아르미다가 사이로 들어가 막았다.

그녀는 "오, 기사님, 내게 여러 번   74
약속한 선물을 왜 벌써 빼앗습니까?
당신들은 제 기사이니 그 이름으로
당신들 사이에 화해해야 할 거예요.
당신들의 분노는 저에 대한 분노와
같고, 저에게 모욕하는 것과 같아요."
그렇게 말했고, 불화의 두 영혼을
강한 멍에[21] 아래 화해하도록 했다.

옆에 있던 바프리노는 모두 들었고   75
사실을 깨달은 다음 거기서 나왔다.
큰 음모[22]에 대해 염탐했지만 침묵에
둘러싸여 있어 전혀 알 수 없었다.
때로는 경솔하게 물어보기도 했고
어려움에 오히려 욕망이 커졌으니,
감추어진 비밀 음모를 가져가든지,
아니면 여기에서 죽을 각오를 했다.

21 사랑의 멍에를 가리킨다.
22 고프레도를 죽이려는 음모.

알아내기 위해 여러 새로운 방법과   76
특별한 속임수를 무수히 궁리했으나
그 모든 노력에도 비밀스런 음모와
무기와 방법에 대해 알 수 없었다.
마침내 그로서는 할 수 없는 행운이
모든 의혹의 매듭들을 풀어주었고,
그래서 고프레도에게 어떤 음모를
짰는지 그는 분명하게 알게 되었다.

그는 적의 여인[23]이 기사들 사이에   77
앉아 있는 곳으로 다시 돌아갔는데,
많은 사람이 어디로 가는지 거기서
알아보는 것이 적절하다고 생각했다.
이번에는 어느 여인에게 다가가서
마치 예전에 알고 있었던 척하였고,
예전 우정을 아직 갖고 있는 것처럼
애정 어린 표정으로 이야기를 했다.

그는 마치 장난하듯 말했다. "나도   78
어느 아름다운 여인의 기사가 되어,
리날도의 머리나 고프레도의 머리를
내 검으로 자를 생각을 하고 싶어요.

23 아르미다.

당신도 어느 야만인 기사의 머리를
갖고 싶으면 나에게 요구해보아요."
그렇게 시작하였고, 서서히 장난을
심각한 이야기로 유도하려고 했다.

하지만 그렇게 말하면서 웃었는데,   79
자신의 선천적인 몸짓을 드러냈다.
그러자 한 여인이 옆에서 들었고
그를 바라보더니 옆으로 다가와서
말했다. "당신을 내가 뺏고 싶군요.
실수한 사랑으로 괴롭지 않으리다.
내가 당신을 내 기사로 선택하니,
내 기사로 한쪽에서 말하고 싶군요."

그렇게 데려가서 말했다. "바프리노,   80
나는 당신을 알아요. 나를 알 거예요."
영민한 시종은 속으로 당황했지만
그래도 미소를 지으면서 말하였다.
"나는 당신을 본 기억이 없답니다.
그래도 경탄할 만하게 아름답군요.
분명한 사실로 당신이 말한 이름은
나를 부르는 이름과 완전히 달라요.

따스한 비제르테 해변에서 레스비노가   81

나를 낳으셨고 알마초레라고 불렀소."
그녀는 "나는 오래전부터 당신을
잘 알아요. 수수께끼 하지 말아요.
감추지 말아요. 나는 친구이니까요.
당신을 위험하게 하지 않을 거예요.
나는 에르미니아, 공주였다가 한때
탄크레디의 하녀로 당신 동료였소.

그 달콤한 감옥에서 행복한 두 달,   82
당신은 자비롭게 나를 지켜주었고
아주 친절히 내게 봉사해주었지요.
바로 나예요, 바로 나예요. 보세요."
시종은 주의 깊게 그녀를 보았으며
바루 아름다운 얼굴을 알아보았다.
그녀는 "나에게는 안심해도 됩니다.
이 하늘과 태양에 걸고 맹세하지요.

대신 당신이 돌아갈 때 나를 다시   83
사랑스러운 감옥으로 데려가줘요.
혼란스러운 밤과 어두운 낮에 나는
쓰라린 자유 속에 초라하게 산다오.
혹시 당신이 여기 염탐하러 왔다면
아주 드문 행운과 만난 것입니다.
다른 곳에서는 찾아내기가 어려운

음모를 나에게서 알게 될 겁니다."

그렇게 말하는 동안 그는 말없이   84
아르미다의 속임수를 생각했으니,
'여자들은 떠들고 속이고, 변덕이
심하니 여자를 믿는 건 어리석어.'
그렇게 생각하다가 마침내 말했다.
"가고 싶다면 내가 안내해주겠소.
우리 둘 사이에 그것은 결정되었소.
좋은 기회에 다른 것을 말하시오."

그들은 군대가 모두 움직이기 전에   85
곧바로 말에 올라타기로 결정했다.
바프리노는 천막에서 나갔고 그녀는
여자들에게 돌아가 잠시 머물렀다.
농담하는 척하면서 새로운 기사에
대해서도 말한 뒤 밖으로 나갔고,
약속한 장소로 갔으며, 둘은 함께
진영 밖으로 나가서 들판으로 갔다.

사라센 진영의 천막이 보이지 않는   86
상당히 멀리 떨어진 곳에 도착하자
시종은 말했다. "고프레도의 생명에
어떤 음모를 꾸미는지 이제 말해요."

그러자 그녀는 사악한 음모에 대해
그에게 자세히 설명하고 폭로했다.
"최고 정예 기사 여덟 명이 있는데
오르몬도가 제일 유명하고 강해요.

증오나 경멸에 움직였는지 그들은   87
음모를 꾸몄는데 이렇게 할 거예요.
두 진영 사이의 대규모 전쟁으로
아시아의 지배권을 다투는 그날,[24]
그들은 십자군 표식 갑옷을 입고
프랑스 부대의 무기를 들 것인데,
고프레도의 수비대처럼 하얀색과
황금색 옷을 그들이 입을 것입니다.

하지만 자기 동료들이 알아보도록   88
투구 위에다 표식을 매달 것입니다.
그리고 양쪽 진영이 함께 밀착하여
뒤섞일 때 그들은 추적을 시작하고,
수비대원들처럼 보이며 용맹스러운
그의 가슴에 음모를 펼칠 것입니다.
게다가 치명적인 상처를 입히도록
독약을 바른 검을 가져갈 것입니다.

24 십자군과 이집트 군대 사이의 대규모 전투가 벌어질 때를 가리킨다.

그리고 그들은 내가 당신들의 옷과   89
무기를 알고 있다는 것을 알았기에
거짓 표식들을 구상하도록 시켰고
나에게 역겨운 일을 하도록 했어요.
그런 이유로 나는 강요하는 명령을
피하기 위해 진영을 떠나는 거예요.
어떤 방식으로든 사악한 행동으로
나를 더럽히는 것을 피하고 싶어요.

그것이 이유지만 그것만은 아니에요."   90
여기에서 침묵했고, 얼굴이 빨개지며
두 눈을 내리깔았는데, 마지막 말을
억제하듯이 분명하게 말하지 않았다.
그런데도 시종은 그녀가 부끄러워서
억제하는 것을 알고 싶어서 말했다.
"믿음이 없구려. 믿음직한 친구에게
왜 진정한 이유를 감추려는 것이오?"

그녀는 가슴에서 큰 한숨을 쉬었고   91
떨리고 갈라진 목소리로 말하였다.
"부적절하고 잘못 감춰진 부끄러움아,
이제 가라. 여기 있을 곳이 없으니.
무엇 때문에 헛되이 피하며 사랑의
불꽃을 네 홍조로 감추려고 하느냐?

전에는 이런 절제가 합당하였지만
지금은 떠도는 처녀로 그렇지 않아."

그리고 덧붙였다. "억눌려서 무너진   92
내 조국과 나에게 치명적인 그날 밤
나는 모든 것을 잃었는데, 나의 큰
고통은 바로 그날 밤 시작되었지요.
왕국을 잃은 것은 가벼웠고, 높은
내 지위와 함께 나 자신을 잃었고
되찾을 수 없으니, 그때 어리석은
내 정신과 마음과 감각을 잃었다오.

바프리노, 당신이 알다시피 커다란   93
학살과 약탈을 보고 겁에 질린 내가,
무장하고 우리 왕궁에 처음 들어온
당신과 나의 주인[25]에게로 달려갔고,
그에게 몸을 숙여 이렇게 말했지요.
'불패의 승리자여, 자비를 베푸소서!
생명을 위해 부탁하는 것이 아니니,
단지 내 처녀의 꽃을 구해주세요.'

그분은 내 손에 자기 손을 내밀며   94

25 탄크레더.

내 부탁이 끝나기도 전에 말했지요.
'아름다운 처녀여, 걱정하지 말아요.
내가 당신의 보호자가 될 테니까요.'
그러자 어떤 부드럽고 달콤한 것이
가슴에 내려와 앉는 것을 느꼈는데,
나도 모르게 결국 열망하는 마음을
휘감으며 불꽃과 고통이 되었어요.

그는 자주 찾아와서 달콤한 소리로   95
내 고통을 위로하며 함께 아파했지요.
'당신에게 완전한 자유를 허용하오.'
그리고 내 부를 전혀 원치 않았어요.
세상에! 자유를 주면서 빼앗았으니,
그것은 선물 같았지만 약탈이었어요.
덜 중요한 것을 나에게 돌려주었고,
내 마음의 지배권을 빼앗아갔지요.

사랑은 감추기 어려우니 당신에게   96
자주 내 주인에 대해 물어보았지요.
당신은 내 병든 마음을 알아보았고,
'에르미니아, 사랑에 불타고 있군요.'
나는 부정했지만 내 뜨거운 한숨은
내 마음의 가장 진실한 증인이었고,
아마도 나의 혀 대신에 나의 눈이

타오르는 불꽃을 드러내 보였지요.

불행한 침묵이여! 최소한 그 당시에   97
내 커다란 고통에 약을 요구했다면,[26]
그리고 소용없을 경우 나의 욕망에
고삐를 풀어주었다면 좋았을 텐데.
결국 나는 떠났고 고통을 가슴속에
감춘 채 죽을 것이라고 생각했어요.
마침내 괴로운 삶에 구원을 찾아서
사랑에 모든 절제의 고삐를 풀었고,

그래서 나를 아프게 했고 또 나를   98
치유해줄 주인을 찾아서 떠났지요.
하지만 도중에 자비심이 전혀 없고
사악한 사람들의 방해에 걸렸지요.[27]
하마터면 그들에게 잡혔을 테지만
간신히 외롭고 먼 곳으로 달아났고,
거기에서 숲속의 여자이며 양치기로
나는 조그마한 방 안에서 살았어요.

---

26 그 당시 사랑을 공개적으로 고백했다면 좋았을 것이라는 뜻이다.
27 클로린다의 갑옷을 입고 그리스도 진영으로 가다가 알카르노와 폴리페르노의 병사들에게
    쫓긴 것을 가리킨다. (제6곡 106~111연 참조)

하지만 두려움에 오랫동안 억누른   99
그 욕망이 다시 되살아났기 때문에,
똑같은 장소로 되돌아가려는 동안
다시 똑같은 불행이 일어났답니다.
이번에는 약탈자 무리들이 너무나
가까이 있어서 달아나지 못했지요.
그렇게 잡혔는데, 나를 잡은 자들은
가자로 가던 이집트 병사들이었고,

나를 대장[28]에게 데려갔습니다. 나는   100
대장에게 내 이야기를 해 설득했고,
그래서 더럽혀지지 않고 명예롭게
그날부터 아르미다 옆에 머물렀지요.
그렇게 여러 번 강제로 붙잡혔다가
빠져나왔어요. 힘든 일들이었지요.
그런데도 여러 번 잡혔다가 풀려난
나를 처음 사슬이 아직 잡고 있다오.

오, 다른 사람이 절대 풀 수 없게   101
내 마음을 묶어놓은 분이 '방황하는
아가씨여, 다른 곳을 찾아보아요.'
말하지 말고, 나를 거부하지 않고,

---

28 아르메니아 군주로 이집트 군대의 사령관이 된 에미레노(제17곡 32연 참조).

돌아가는 나를 자비롭게 맞이하고
내 옛 감옥에 받아들여 주었으면!"
에르미니아는 그렇게 말했고, 둘은
함께 이야기하면서 밤낮 없이 갔다.

바프리노는 일상적인 길에서 벗어나   102
더 안전하고 짧은 길을 찾으며 갔다.
해는 기울고 동쪽이 어두워질 무렵
예루살렘 가까운 곳에 도착했을 때,
피로 얼룩진 길을 발견했고 이어서
피 웅덩이에 죽은 기사를 보았는데,
길을 온통 가로막았고 하늘을 향한
큰 얼굴은 죽었는데도 위협적이었다.

이상한 무기와 옷차림으로 보건대   103
이교도가 분명해 시종은 지나쳤는데,
조금 멀리에 누워 있는 다른 시체가
곧바로 그의 눈에 들어오게 되었다.
그는 속으로 '이건 그리스도 기사야.'
그런데 갈색 겉옷에 의심이 들었고,
안장에서 뛰어내려 얼굴을 들춰보고
외쳤다. "세상에! 탄크레디가 죽었어."

불행한 여인은 걸음을 멈추고 서서   104

광폭한 기사를 내려다보고 있었는데,
바프리노의 고통스러운 외침 소리가
가슴 한가운데를 화살처럼 관통했다.
탄크레디의 이름에 그녀는 빠르게
마치 정신 나간 여인처럼 달려갔다.
창백하고 아름다운 얼굴을 보더니
안장에서 굴러 떨어지듯 내려왔고,

그 위에다 끝없이 흐르는 눈물과   105
탄식이 뒤섞인 목소리로 한탄했다.
"운명은 왜 이런 비참한 순간으로,
슬프고 쓰라린 광경으로 이끄는가?
탄크레디, 오랜만에 다시 만나서
당신을 보는데, 나를 못 보는군요.
앞에 있어도 당신은 나를 못 보고,
당신을 찾자마자 영원히 잃는군요.

불쌍하다! 내 눈에 당신이 괴롭게   106
보이리라 전혀 생각하지 않았어요.
당신을 보는 것보다 차라리 장님이
되고 싶어요. 감히 볼 수가 없어요.
세상에, 그 부드러운 눈의 광채는,
멋진 눈빛은 어디에 숨어 있나요?
꽃 같은 뺨의 멋진 홍조는 어디로

갔나요? 맑은 눈빛은 어디 있어요?

뭐라고? 창백하고 어두워도 좋아요.
아름다운 영혼이여, 이 옆에 있다면,
내 울음을 듣는다면, 대담한 욕망에
대담하게 훔치는 것을 용서해주오.
뜨거운 입맞춤을 원했지만, 창백한
입술에서 차가운 입맞춤을 훔칠래요.
이 창백한 입술에 입맞춤을 하면서
죽음에서 합당한 일부를 찾겠어요.

107

살았을 때 나의 고통을 너의 말로
위로해주던, 오, 자비로운 입이여,
내가 죽기 전에 약간의 네 달콤한
입맞춤으로 날 위안해도 합당하리.
그 당시에 내가 대담하게 찾았다면,
지금 훔치는 것을 주었을지도 몰라.
지금 내가 당신을 껴안고 입술에다
내 입김을 불어넣어도 합당할 거야.

108

당신을 따르는 내 영혼을 거두어서
당신 영혼이 가는 곳으로 데려가요."
그렇게 탄식하며 말하였고, 두 눈이
무너지는 듯이 강물이 되어 흘렀다.

109

그 생생한 눈물에 탄크레디는 정신이
돌아와 창백한 입술을 약간 열었고,
여전히 눈을 감은 채 열린 입술로
자신의 숨을 그녀의 숨과 뒤섞었다.

기사가 신음하는 것을 느낀 여인은   110
당연한 일이지만 상당히 안심했다.
"탄크레디, 내가 눈물과 함께 치르는
이 마지막 장례식에서 눈을 떠봐요.
함께 먼 길을 가고 싶고, 당신 곁에
함께 죽고 싶어 하는 나를 바라봐요.
나를 봐요. 그렇게 빨리 가지 마요.
그게 내가 청하는 마지막 선물이에요."

탄크레디는 무겁고 흐린 눈을 떴다   111
다시 감았고, 그녀는 계속 탄식했다.
바프리노가 그녀에게 "죽지 않아요.
그러니 먼저 치료한 다음에 울어요."
그는 갑옷을 벗겼고, 그녀는 떨면서
바프리노가 하는 일을 도와주었고,
상처를 살펴보고 상처의 전문가로서
그를 구할 수 있으리라고 생각했다.

그의 상태는 피곤함에 피를 너무   112

많이 흘려 그렇다는 것을 알았다.
그렇지만 그렇게 외딴 곳에서 그의
상처를 싸맬 것은 베일밖에 없었다.
아모르는 특별한 붕대를 찾아주었고
이례적인 연민의 기술을 가르쳤으니,
머리카락으로 상처를 닦고 묶었으며
그녀는 머리카락을 자르기 원하였다.

짧고 약한 그녀의 베일이 커다란   113
상처에 충분하지 않았기 때문이다.
약초와 사프란[29]이 없었지만 예전에
사용해본 강한 마법을 알고 있었다.
벌써 노곤한 졸음이 멀리 달아났고
약하지만 눈을 움직일 수 있었으니,
자기 시종을 보았고, 이방인 차림에
자상하게 굽어보는 여인을 보았다.

그는 "바프리노, 언제 어떻게 왔어?   114
자비롭게 치료하는 당신은 누구요?"
그녀는 기쁘면서 망설이는 한숨에
예쁜 얼굴을 장밋빛으로 물들이며
말했다. "나중에 알 거예요. 지금은

---

29 "약초"는 원문에 "백선"으로 되어 있다. (제11곡 72연 참조) 사프란도 약초로 널리 사용되었다.

의사로서 명령하니 조용히 쉬어요.
건강해질 테니까 보상을 준비해요."
그의 머리를 자기 배 위에 뉘었다.

그동안 바프리노는 더 어둡기 전에   115
어떻게 편안하게 옮길지 생각했는데,
때마침 한 무리의 기사들이 도착했고
탄크레디의 부대라는 것을 알았다.
그들은 탄크레디가 아르간테와 만나
결투를 요청했을 때 함께 있었지만,
그가 원치 않아 따라가지 않았다가
늦어지자 의심이 들어 찾아 나섰다.

다른 많은 기사들도 찾아 나섰지만   116
바로 그의 부하들이 발견한 것이다.
그가 눕거나 앉아 있을 수 있도록
그들은 의자 비슷한 것을 만들었다.
이어 탄크레디는 "그러니까 용감한
아르간테는 까마귀 먹이가 되었나?
아. 제발 그러면 안 돼. 장례식이나
매장도 하지 않고 버려두면 안 돼.

나에게 이 창백하고 말없는 시신과   117
이제 싸움은 없어. 용감하게 죽었어.

그러니 죽은 뒤 땅에 유일하게 남는
합당한 명예를 그에게 해주어야 해."
그리하여 많은 기사의 도움과 함께
자신의 적이 뒤에 따라오게 하였다.
바프리노는 지켜야 할 것을 지키는
사람처럼 에르미니아의 옆에 섰다.

탄크레디는 "내 천막으로 가지 말고,   118
영광스러운 도시[30]로 가도록 하여라.
이 연약한 생명에 인간적인 사건[31]이
생긴다면, 거기서 일어나야 좋으니.
불멸의 '사람'께서 돌아가신 장소는
천국으로 가는 길도 편할 것이며,
내 경건한 생각도 서원을 풀려고
순례하였다는 것에 만족할 테니까."

그리고 그곳에 도착하여 침대 위에   119
눕자 그는 조용한 잠에 사로잡혔다.
바프리노는 여인에게 가까운 곳에
아주 조용한 숙소를 마련해주었다.
그리고 고프레도의 천막으로 갔고,

---

30 예루살렘.
31 죽음.

비록 앞으로의 임무에 대한 전략을
긴밀히 논의하고 평가하고 있었지만,
아무런 제지도 없이 바로 들어갔다.

대장은 라이몬도가 피곤하고 괴로운   120
육신을 누인 침대 끝에 앉아 있었고,
그 주위에는 가장 강력하고 현명한
지휘관들의 무리가 둘러싸고 있었다.
대장에게 시종이 이야기하는 동안
달리 묻거나 대답하는 자가 없었다.
그는 "나리, 저에게 명령하신 대로
이교도들 진영으로 찾아갔습니다.

하지만 그들 군대의 무수하게 많은   121
숫자에 대해 말하고 싶지 않습니다.
그들이 지나가면서 모든 들판과 산,
계곡을 뒤덮은 것을 저는 보았지요.
그들이 다가가고 접근하는 곳마다
땅은 헐벗고 강과 샘물이 말랐는데,
그들 갈증에 물이 충분하지 않았고
시리아의 수확도 적었기 때문입니다.

하지만 그들의 기사들과 보병들은   122
대부분 쓸모없는 부대가 되었으니,

명령이나 신호를 이해하지 못하고
검도 잡지 않고 멀리서만 쏩니다.[32]
그중에 훌륭하고 선발된 병사들은
페르시아 깃발을 따라온 자들이고,
가장 뛰어난 부대는 아마도 왕의
불멸의 부대라 부르는 자들이지요.

불멸이라 부르는 것은 그 숫자에서   123
절대 한 명도 빠지지 않기 때문인데,
누군가 빠지게 되면 언제나 새로운
사람을 선발하고 보충해 채우지요.
군대의 대장은 에미레노라고 하는데,
지혜와 무훈을 견줄 사람이 없으며,
왕은 그에게 온갖 기술로 나리에게
대접전을 도발하라고 명령했습니다.

군대는 아무리 늦어도 모레까지는   124
나타날 것이라고 저는 생각합니다.
리날도, 당신은 머리를 조심해야
합니다. 많은 자가 노리고 있어요.
무훈이 뛰어나고 용맹한 기사들이
당신 머리에 검을 벼르고 있는데,

32 단지 활과 화살로만 공격한다는 뜻이다.

아르미다가 머리를 자르는 자에게
자신을 보상으로 걸었기 때문이오.

그중에는 페르시아 출신의 용맹한   125
사마르칸트 왕 알타모로가 있어요.
동쪽의 끄트머리에 방대한 왕국을
가진 아드라스토도 거기에 있는데,
그는 모든 사람들과 달리 코끼리를
말처럼 타고 다니는 사람이랍니다.
또 티사페르노는 일치된 명성으로
용감하다는 최고의 칭찬을 받지요."

그렇게 말하였고, 리날도는 얼굴이   126
온통 불타며 눈에 불이 가득하였다.
벌써 적들에게 둘러싸이고 싶어서
억제하지 못하고 가만 있지 못했다.
바프리노는 대장을 향해 덧붙였다.
"나리, 지금 말한 것은 약과입니다.
가장 중요한 것으로 마무리하자면,
나리께 유다의 칼을 겨눌 것입니다."

그리고 그에게 짠 속임수에 대하여   127
하나하나 자세히 설명해주었으니,
무기와 독약, 속임수 표식, 자만함,

보상과 약속에 대해서도 말하였다.
많은 질문을 했고 많이 대답했으며,
그러는 사이 짧은 침묵이 이어졌다.
대장은 눈을 들더니 라이몬도에게
물었다. "당신 생각은 어떻습니까?"

라이몬도는 "내 의견은 날이 밝으면,   128
이미 결정한 것처럼 공격하지 말고,
다윗 탑을 압박해 안에 있는 자들이
마음대로 밖으로 나올 수 없게 하고,
그러는 동안에 우리 진영은 더 나은
전투를 위해 쉬고 회복하는 것이오.
그리고 공개적으로 전투를 벌일지,
기회를 기다릴지 당신이 잘 생각해요.

그리고 내 판단에는 다른 무엇보다   129
당신은 당신 자신을 보살펴야 해요.
당신 때문에 승리하고 다스리니까요.
당신 없으면 누가 이끌고 지키나요?
배신자들이 표식을 속이지 못하게
당신 기사들의 표식을 바꾸게 해요.
그렇게 하면 속이려는 자들에 의해
속임수가 명백하게 드러날 것이오."

대장은 대답했다. "언제나 그랬듯이,
다정함과 현명한 마음을 보이는군요.
확실하지 않던 것을 이제 결정했소.
우리는 적들에 대항해 나갈 것이오.[3]
이제 동방의 지배 군대는 성벽이나
진영 안에만 갇혀 있을 수 없어요.
불경한 그들에게 강한 우리 무훈은
넓은 곳에서 명백히 드러날 것이오.

그들은 우리 승리자들의 용맹스러운
모습과 무기 외에도 승리의 명성을
견디지 못할 것이고, 그들의 무력은
굴복해 우리 왕국의 토대가 될 거요.
다윗 탑은 곧바로 항복하거나, 다른
방해가 없으면 쉽게 정복될 겁니다."
여기에서 대장은 침묵하고 떠났으니
지는 별이 잠으로 이끌었기 때문이다.

---

33 이집트 군대와 정면으로 마주쳐 싸우겠다는 뜻이다.

제20곡

이집트 군대가 도착하고 고프레도가 그들과 치열한 전투를 벌인다. 복수하려던 아르미다는 리날도를 보자 다시 사랑에 약해진다. 리날도는 솔리마노를 죽이고, 라이몬도는 알라디노를 죽인다. 리날도는 자결하려던 아르미다를 만류하고 함께 데려가겠다고 약속한다. 고프레도는 암살 계획을 무산시키고 이집트 군대의 총대장을 죽이면서 승리를 거둔다.

해는 벌써 사람들을 일터로 깨웠고   1
벌써 하루의 여섯 시¹가 되었을 때,
커다란 탑² 안에 있던 사람들 무리는
마치 저녁에 세상을 덮는 안개처럼
무언가 흐릿한 것을 멀리서 보았고,
마침내 그것이 주위의 하늘을 온통
먼지로 뒤덮고 아래 언덕과 들판에
가득한 아군이라는 것을 발견하였다.

그러자 포위된 사람들은 꼭대기에서   2
하늘에 닿을 만큼 함성을 질렀으니,

---

1   원문에는 "열 시간"으로 되어 있다. 당시 하루는 해가 질 때부터 다음날 해가 질 때까지로
    보았는데, 예루살렘 공격 당시는 7월이었기 때문에 대략 아침 여섯 시를 가리키는 것으로
    본다.
2   다윗 탑.

추운 겨울날이면 트라키아 해변에서
차가운 바람 앞에 황새들이 무리를
이루어 따뜻한 해변으로 달아나면서
시끄럽게 울어대는 것과 같았으며,
원하던 도움에 이제 그들은 손으로
공격하고 입으로 모욕하려 준비했다.

프랑스 병사들은 어디에서 새로운   3
활력과 위협이 나오는지 잘 알았고,
다른 쪽을 바라보자 엄청난 군대가
그 방향에서 나타나는 것이 보였다.
곧바로 용감한 그들 가슴이 강렬한
열망에 타올랐고 전투를 요구했다.
함께 모인 그들은 "불패의 대장님,
명령만 하십시오." 외치며 전율했다.

하지만 대장은 다음날 새벽까지   4
전투를 거부하며 그들을 억제했고,
불안정한 돌발적 싸움으로 적들이
도발되는 것을 원하지도 않았다.
"많은 노고를 치렀으니 여러분은
하루 동안 충분히 쉬는 것이 좋소."
아마 적들이 자신들에 대해 잘못된
믿음을 갖기를 원했을지도 모른다.[3]

모두들 새로운 햇살이 떠오르기를   5
초조하게 기다리며 각자 준비했다.
그 기억할 만한 날이 솟아오를 때
대기는 어느 때보다 맑고 청명했고,
새벽은 즐겁게 웃었고 마치 태양의
모든 빛살로 둘러싸인 것 같았으며,
하늘은 전보다 밝아졌고 그 위대한
과업을 베일 없이 바라보려고 했다.

황금빛 아침이 솟아나는 것을 보고   6
고프레도는 부대를 인도하여 나갔다.
하지만 팔레스티나의 폭군[4] 주위에다
라이몬도와, 시리아 인근 지역에서
자기 해방자들을 도와주기 위해 온
신자들의 백성[5]을 모두 남겨두었고,
아주 많은 숫자인데 그뿐만 아니라
가스코뉴 사람들 부대도 남겨두었다.

최고 대장은 나아갔고, 다른 자들은   7
확실한 승리를 예감하는 모습이었다.

3 그리스도 진영이 두려워서 망설이는 것으로 이집트 진영에서 오판하기를 원했기 때문에
      그랬을 것이라는 뜻이다.
4 다윗 탑으로 피한 알라디노.
5 알라디노가 팔레스티나 영토 밖으로 쫓아낸 그리스도교 신자들이다. (제2곡 54~57연 참조)

하늘의 호의가 그에게서 빛났으니,
어느 때보다 위대하고 당당했으며,
얼굴에는 영광이 가득하고 젊음의
아름다운 홍조가 다시 되살아났고,
두 눈의 시선과 팔다리의 움직임은
인간의 모습이 아닌 것처럼 보였다.

그다지 멀리 가지 않았을 때 그는   8
이교도 군대의 진영 앞에 도착했고,
도착하기 전에 배후의 왼쪽에 있는
언덕 하나를 점령하도록 하였으며,
평원을 향하여 군대를 배치했는데
앞쪽은 넓었고 양쪽 옆은 좁았으며,[6]
가운데에 보병을 배치하고 양쪽에
기병을 배치해 기동력이 있게 했다.

점령한 언덕의 오르막에 가까워서   9
상대적으로 안전한 왼쪽 측면에는
두 명의 로베르토 군주[7]를 배치했고
중앙에는 형제[8]가 지휘하도록 했다.

6   병사들의 수에서 열세이기 때문에 좁고 길게 배치했다는 뜻이다.
7   노르망디의 군주 로베르토와 플랑드르의 백작 로베르토 2세(제1곡 38연 및 44연 참조).
8   발도비노.

그리고 자신은 오른쪽을 맡았는데,
열려 있어 평원에서 가장 위험했고
병사의 숫자에서 우세한 적이 그를
포위하려고 생각할 만한 곳이었다.

여기에 로렌[9]의 자기 병사들과 가장   10
강력하고 선택된 병사들을 배치했고,
기병 궁수들 사이에 기병들 사이의
싸움에 익숙한 보병들을 배치했다.
그런 다음 용병들과 다른 선택받은
기사들의 부대를 가까이 두었는데,
오른쪽 측면의 한쪽에다 배치했고
리날도가 지휘하고 명령하게 했다.[10]

그리고 그에게 말하였다. "그대에게   11
승리와 전투의 승패가 달려 있다오.
그대의 부대를 이 커다랗고 방대한
날개의 뒤쪽에다 잠시 숨겨두시오.
적들이 가까이 접근할 때 옆구리를
공격해 그들 의도를 무산시키시오.

---

9   로렌Lorraine은 프랑스 동북부 지방으로 고프레도는 그곳의 공작이었다. (제1곡 1연 참조)
10 리날도는 예루살렘을 공격할 때에도 죽은 두도네의 용병들을 지휘하였다. (제18곡 73~78
    연 참조)

내 생각이 틀리지 않다면, 빙 돌아
측면과 배후를 공격하려 할 것이오."

그리고 말을 타고 부대에서 부대로   12
기사들과 보병들 사이로 날아갔다.
눈가리개를 올려서 드러난 얼굴은
눈과 모습에서 완전히 번개 같았다.
의혹을 위안하고 희망을 확인했고,[11]
용감한 자에게 용기를, 강한 자에게
무훈을 상기시켰고, 누구에게는 큰
보상을, 누구에게는 명예를 약속했다.

그리고 마침내 최고 고귀한 부대가   13
모여 있는 곳에서 걸음을 멈추었고,
모든 사람이 잘 알아들을 수 있도록
다소 높은 곳에서 말하기 시작했다.
마치 높은 산꼭대기에서 녹아내린
눈이 아래의 개울로 흘러내리듯이,
그의 입에서는 듣기 좋은 목소리가
유창하고 빠르게 흘러나와 퍼졌다.

"오, 예수님의 적들에게 채찍이 되는   14

---

11 원문에는 "의심하는 자를 위안하고, 희망하는 자를 확인했다."로 되어 있다.

나의 부대원들이여, 동방의 지배자여,
오랫동안 그토록 열망하던 마지막
날이, 바로 그날이 눈앞에 왔노라.
반역한 백성이 지금 여기에 모이게
하늘이 허용한 것은 이유가 있으니,
많은 전쟁을 단 한번으로 끝내도록
그대들의 모든 적이 여기에 모였소.

우리는 모든 승리를 하나로 모으고   15
위험이나 노고는 크지 않을 것이오.
저렇게 많은 적의 부대를 보더라도
우리에게는 어떤 두려움도 없으니,
저들은 화합 없이 겨우 모여 있고
명령에서 복잡하게 서로 뒤엉키며,
싸울 만한 자의 숫자는 매우 적고
대개 용기나 기회도 없기 때문이오.

우리와 부딪칠 자들은 거의 대부분   16
헐벗고, 활력도 없고 기술도 없으며,
오로지 폭력만이 그들을 예속이나
게으름에서 벗어나게 만들 뿐이오.
저쪽 진영에서는 벌써 검이 떨리고,
방패가 떨리고, 깃발이 떨리는구나.
신호는 불확실하고 움직임은 둔하며,

저들의 죽음이 분명하게 보이는구나.

보라색과 금색 옷을 입고 부대들을   17
배치하며 강하게 보이는 저 대장은
아랍인이나 무어인을 물리쳤겠지만,
그 무훈은 우리에게 맞서지 못하오.
그렇게 복잡하고 뒤엉킨 혼란 속에
아무리 유능해도 무엇을 하겠는가?
대장과 부하들이 서로 모르고, '너도
있었지. 나도 있었어.' 말하지 못하리.[12]

하지만 나는 선택받은 자들의 대장,   18
우리는 함께 싸웠고 함께 승리했고,
그러다 어느 순간 지휘하게 되었소.
그대 누구의 고향과 조상을 모를까?
어떤 검이나 어떤 화살을 모르는가?
아직 허공에서 떨리며 날아가더라도
프랑스나 아일랜드 것인지, 누구의
팔이 쏘았는지 말하지 못하겠는가?

나는 똑같은 것을 요구한다. 각자   19
내가 보았던 대로 해주기 바라며,

---

12   나중에 서로 알아보지도 못할 것이라는 뜻이다.

예전 용기를 갖고, 그대들 각자와
나와 그리스도의 명예를 기억하라.
가서 적들을 물리치고, 잘린 사지를
짓밟고, 성스러운 정복을 완수하라.
왜 붙잡고 있는가? 그대들의 눈에서
분명히 보이니, 그대들은 승리했소."

그가 그렇게 말하는 동안 눈부시고   20
맑은 번개가 내려오는 것 같았으니,
마치 여름날 밤의 옷자락에서 가끔
유성이나 번개가 떨어지는 듯했다.
하지만 태양이 가장 깊은 가슴에서
아래로 보낸 것이라 할 수 있으니,
그의 머리 주위를 맴도는 듯하였고
일부는 미래 왕국의 전조로 보았다.

만약 인간의 언어가 감히 하늘의   21
신비들 사이로 들어갈 수 있다면,
아마 하늘의 무리에서 수호천사가
내려와 날개로 감쌌다고 말하리라.
고프레도가 자기 군대를 배치하고
부대 사이에서 그렇게 말하는 동안,
이집트 군대의 대장 역시 서둘러서
자기 부대들을 배치하고 격려했다.

멀리에서 프랑스 군대가 오는 것을   22
보고 그는 군대를 이끌고 나왔으며,
자신도 군대를 길게 펼쳐 양옆에는
기병, 가운데에는 보병을 배치했다.
그리고 자신은 오른쪽을 담당하고
왼쪽 끝에는 알타모로를 배치했다.
물레아세가 가운데 보병을 이끌고
그 한가운데에 아르미다가 있었다.

오른쪽 대장과 함께 인도인의 왕[13]과   23
티사페르노의 왕립 부대가 있었지만,
왼쪽 측면의 부대가 넓은 평원으로
신속하게 펼치고 움직일 수 있었다.
알타모로는 페르시아와 아프리카 왕들,
가장 뜨거운 땅의 두 왕[14]을 거느렸다.
여기서 투석기들과 석궁들, 활들이
모두 돌과 화살을 쏠 예정이었다.

에미레노는 그렇게 배치하고 자신도   24
부대 한가운데와 양옆으로 달려갔고,
통역을 통하거나 또는 직접 말했고,

13 아드라스토.
14 아시미로와 카나리오(제17곡 24연 참조).

칭찬과 비난, 상과 벌을 뒤섞었다.
일부에게는 "병사여, 왜 네 얼굴이
낙담해 있느냐? 무엇이 두려운 거냐?
일당백이 아니던가? 단지 그림자와
함성만으로도 달아나게 만들 것이다."

또 일부에게는 "용감한 자여, 이제   25
빼앗긴 전리품[15]을 용감하게 되찾자."
누구에게는 기도하는 고향과 슬프고
당혹스러운 가족이 애원하는 모습을
눈에 보이듯 마음속에 일깨워주고
마치 손가락으로 가리키는 듯했다.
"나의 혀를 통해 이렇게 말하면서
기도하고 있는 너의 고향을 믿어라.

'네가 우리 율법을 지키고, 내 피로   26
신성한 성전을 적시지 않도록 해줘.
악한 자들로부터 처녀들을 지키고
조상들의 무덤과 유골을 지켜다오.'
너에게 성전은 울며 과거를 보이고,
노인들은 하얀 머리카락을 보이고,
아내는 젖가슴을 보이고, 자식들과

---

15 예루살렘.

요람과 자기 부부의 침대를 보인다."

또 많은 자들에게 "아시아는 너희를
명예의 수호자로 삼고 너희에게서
저 소수의 야만인 도둑들에 대항해
정의롭고 쓰라린 복수를 기대한다."
그렇게 여러 기술과 여러 언어들로
다양한 백성들을 전투로 부추겼다.
하지만 지휘관들은 침묵했고, 이제
양쪽 진영 사이의 거리는 가까웠다.

이쪽저쪽 진영이 충돌하는 순간의
모습은 놀랍고 엄청난 일이었으니,
질서 있게 배치된 부대들은 벌써
움직이고 공격할 기미를 보였으며,
깃발은 바람에 나부끼며 펄럭였고,
투구 꼭대기의 깃털들이 흔들렸고,
옷과 장식, 깃발, 다채로운 갑옷이
햇빛에 금색과 은색으로 번득였다.

이쪽저쪽 진영은 나무들이 빽빽한
울창한 숲처럼 많은 창들이 넘쳤다.
활시위를 당겼고, 창을 겨누었으며,
화살들이 울렸고, 투석기를 쏘았고,

27

28

29

모든 말도 각자 전투를 준비하였고,
자기 주인의 분노와 증오에 뒤따라
발을 긁고 차고 울부짖고 맴돌았고,
콧구멍을 벌리고 불과 김을 뿜었다.

그 대단한 광경에서 공포도 멎었고   30
두려움 가운데서 즐거움도 나왔다.
시끄럽고 엄청난 나팔 소리도 귀에는
즐겁고 부드러운 소리로 들려왔다.
신자들의 진영은, 숫자는 적었지만,
소리와 모습에서 놀랍게 보였으며,
나팔은 맑고 호전적으로 노래했고
무기들은 가장 눈부시게 반짝였다.

그리스도 진영 나팔이 먼저 울렸고   31
상대방이 대답하며 전투에 응하였다.
프랑스인들은 무릎을 꿇고 경건하게
하늘에 기도한 후 땅에 입을 맞췄다.
두 진영 사이가 좁아지다가 사라졌고
이제 서로가 서로의 적과 싸웠는데,
벌써 측면의 싸움은 치열했고, 벌써
보병들이 싸우면서 앞으로 나아갔다.

명예의 칭찬을 받을 만한 그리스도   32

진영의 최초 공격자는 누구였을까?
질디페 당신이었으니, 호르무즈에서
통치하던 히르카니아[16] 사람을 공격해
그의 가슴을 갈랐도다. (여인의 손에
하늘은 그 커다란 영광을 주었구나.)
꿰뚫린 그 사람은 말에서 떨어지며
타격을 칭찬하는 적의 함성을 들었다.

창이 부러졌기 때문에 여인은 강한   33
오른손으로 훌륭한 검을 움켜잡았고
페르시아 병사들에게 말을 몰았으니,
빽빽하던 부대가 열리면서 흩어졌다.
초피로의 허리띠 묶는 곳을 맞추어
거의 두 동강 난 채 떨어지게 했고,
잔인한 알라르코[17]의 목을 가격하여
목소리와 음식의 공통 길을 잘랐다.

자르기[18]로 아르타세르세를 기절시켰고,   34

---

16 Hyrcania. 고대 페르시아의 카스피 해 남부 지역으로 현재의 이란 북부와 투르크메니스탄 서부 일부를 포함한다. 고전 작품들에서 숲이 우거지고 잔혹한 사람들이 살던 지역으로 묘사되었다. 호르무즈 섬을 통치하던 술탄은 제17곡 25연에서 이미 언급되었지만, 그의 이름은 나오지 않는다.

17 제17곡 30연에서 언급된 인도 사람 알라르코와 구별해야 한다.

18 원문에는 mandritto로 되어 있는데, 무기나 손바닥으로 오른쪽에서 왼쪽으로 가하는 타격을 가리킨다.

찌르기로 아르제오를 죽게 만들었다.
그런 다음 이스마엘의 팔에 왼손이
연결되고 굽혀지는 부분을 잘랐다.
잘린 손은 떨어지며 고삐를 놓쳤고,
타격은 말의 귓가에 소리를 냈으니
자신의 고삐가 풀린 것을 느낀 말은
가로질러 달아나며 대열을 흩뜨렸다.

오랜 세월 동안 침묵에 잠긴 그들과   35
다른 많은 자들의 목숨을 빼앗았다.
페르시아 병사들은 영광의 전리품을
얻으려고 한꺼번에 그녀를 공격했다.
하지만 그녀를 걱정한 충실한 남편[19]이
사랑하는 아내를 도우려고 달려왔고,
그렇게 마음 맞는 부부는 합심하여
믿음직한 유대로 힘을 배가시켰다.

그 대담한 연인들은 새롭고 전혀   36
들어보지도 못한 검술을 사용했고,
두 사람은 모두 자기 방어를 잊고
상대방 생명의 보호에 몰두하였다.
대담한 여인 기사는 남편에게 오는

---

19 오도아르도.

격렬하고 위험한 타격을 받아쳤고,
남편은 방패로 그녀를 막아주었고
필요하면 맨 머리로도 막았으리라.

둘은 각자 상대방의 방어가 되었고,   37
각자 상대방에게 복수를 해주었다.
남편은 보에칸 섬을 통치하였던
용감한 아르타바노를 죽게 하였고,
사랑하는 아내를 감히 공격하려던
알반테를 똑같은 손으로 눕게 했다.
아내는 충실한 남편에게 공격하던
아리몬테의 양미간 이마를 갈랐다.

그렇게 페르시아 병사들을 죽였고,   38
알타모로는 프랑스인들에게 그랬고,
검이나 말을 돌리는 곳에서 그는
보병이나 말을 땅에 쓰러뜨렸다.
무거운 말 아래 신음하는 것보다
먼저 죽는 것이 보다 행복했으니,
검에 부상당하고도 아직 살아 있는
말은 물어뜯고 짓밟았기 때문이다.

알타모로의 검에 강한 브루넬로네,   39
건장하던 아르도니오가 죽었으니,

하나는 머리와 투구가 두 쪽으로
쪼개져 양쪽 어깨 위에 매달렸다.
또 다른 하나는 웃음이 시작되고
심장으로 퍼지는 곳[20]까지 꿰뚫렸고,
그래서 이상하고 끔찍한 광경이여!
억지로 웃었으며, 웃으면서 죽었다.

그 치명적 검은 달콤한 세상에서   40
단지 그들만 쫓아낸 것이 아니라,
젠토니오, 구아스코, 구이도, 착한
로스몬도까지 잔인하게 죽게 했다.
알타모로가 무거운 말로 얼마나 많이
쓰러뜨리고 짓밟았는지 누가 말할까?
누가 죽은 사람들의 이름을 말할까?
누가 상처와 죽음의 모습을 말할까?

잔인한 그를 대적할 자가 없었고   41
멀리서도 공격하려는 자가 없었다.
단지 질디페만 그에게로 돌아섰고
불분명한 대결에 망설이지 않았다.
테르모돈[21] 강의 어느 아마존 여인도

---

20 횡격막(橫隔膜)을 가리킨다. 아리스토텔레스의 이론에서 횡격막은 웃음이 시작되는 곳으로
믿었다고 한다.

그렇게 방패와 양날 도끼를 붙잡지
않았을 정도로 그녀는 가공할 만한
페르시아 기사의 광기와 마주했다.

황금과 보석의 야만적인 장식들이   42
반짝이는 그의 투구 위를 가격하여
부서뜨렸고, 결국 크고 거만한 자는
자기 머리를 숙이지 않을 수 없었다.
이교도에겐 강한 손의 공격 같았고,
부끄러움과 분노에 사로잡힌 그는
곧바로 그 모욕에 대해 복수했으니
모욕과 복수가 동시에 이루어졌다.

여인의 머리 거의 똑같은 지점에다   43
얼마나 난폭한 타격을 가하였는지,
그녀는 모든 감각과 활력을 잃고
떨어졌지만 충실한 남편이 받쳤다.
그들의 행운인지 아니면 역량인지,
누워 있는 사람을 경멸하듯이 보며
지나가는 너그러운 사자처럼 그는
만족하였는지 더 공격하지 않았다.

---

21 터키 중북부 흑해 연안에 흐르는 작은 강으로, 그리스 신화에 나오는 전설적인 여인 부족
아마존 족이 그 강 유역에 거주했다고 한다.

그동안 자기 손에 사악한 임무[22]를   44
맡은 오르몬도는 거짓 표식을 달고
그리스도 병사들 사이에 있었으며
함께 음모를 꾸민 동료들도 있었다.
마치 한밤중에 빽빽한 안개 속에서
겉모습이 개처럼 보이는 늑대들이
가축 사이로 어떻게 들어갈지 엿보며
의심스런 꼬리를 감추는 것 같았다.

사악한 이교도는 고프레도 곁에서   45
멀리 떨어지지 않은 곳까지 갔지만,
대장은 속임수 옷차림의 하얀색과
금색[23]이 나타나는 것을 보고 외쳤다.
"거짓 옷차림으로 프랑스 병사처럼
보이려고 하는 배신자가 저기 있다.
나를 겨냥한 음모자들이 저기 있다."
그러면서 사악한 자를 공격하였고

치명적인 부상을 입혔는데, 그자는   46
방어나 공격, 후퇴도 하지 못하였고,
마치 눈앞에 고르곤이 있는 것처럼

22 고프레도를 살해하려는 음모.
23 하얀색 바탕에 금색 십자가를 가리킨다.

그토록 대담한 자가 돌처럼 얼었다.
모든 검과 창이 그들에게 향하였고
화살통이 모두 그들에게 비워졌으며,
오르몬도와 동료들은 산산이 조각나
죽은 자들에게 시체도 남지 않았다.

적의 피에 젖은 것을 본 고프레도는   47
전투에 뛰어들었고, 페르시아 왕[24]이
가까운 곳에서 가장 빽빽한 부대를
헤치고 흩트렸기에, 자신의 부대가
벌써 흩어질 위험에 처한 것을 보고
그곳으로 몸을 돌려 그를 향해 갔고,
달아나는 자신의 부하들을 위협하고
멈춰 세웠으며, 쫓는 자를 공격했다.

이데나 크산토스[25]가 보지 못한 싸움을   48
여기에서 강한 두 오른손이 시작했다.
다른 곳에서는 발도비노와 물레아세
사이에 격렬한 보병 싸움이 이어졌고,
그에 못지않게 뜨거운 기병 전투가

24 알타모로.
25 이데는 고대 트로이아 근처의 산이고, 크산토스(또는 스카만드로스)는 근처의 강으로 여기
에서는 트로이아 전쟁의 무대를 가리킨다.

다른 쪽 언덕 근처에서도 불탔으니,
야만인 군대의 대장이 강한 지휘관
두 명과 함께 직접 싸우고 있었다.[26]

이집트 군대의 대장과 한 로베르토가   49
격렬히 싸웠고 그들 역량은 대등했다.
하지만 아드라스토는 다른 로베르토의
투구를 깨뜨렸고 계속 갑옷을 찢었다.
티사페르노는 자신과 결투를 할 만한
확실한 적과 겨루고 있지 않았지만,
빽빽이 몰려 있는 곳을 가로지르며
다양한 방식의 많은 죽음을 남겼다.

그렇게 싸웠고, 불분명한 저울에는   50
두려움과 희망이 함께 달려 있었다.
들판에는 부러진 창들이 가득하였고,
부서진 방패들과 찢겨 헤진 갑옷들,
가슴과 찢어진 배에 꽂혀 있는 검들,
땅에 꽂혀 있거나 뉘어져 있는 검들,
누워 있거나 흙을 깨물듯이 얼굴을
땅으로 향한 시체들이 가득하였다.

26 에미레노가 아드라스토와 티사페르노와 함께 싸우고 있다.

말은 자기 주인 옆에 누워 있었고,   51
동료가 죽은 동료 옆에 누워 있었고,
적이 적 옆에 누웠거나, 시체 위에
산 자가, 패자 위에 승자가 있었다.
정적도 없고 분명한 외침도 없지만
무언가 불분명한 소리가 들렸으니,
광기의 떨림이나 분노의 중얼거림,
약해지고 죽어가는 자의 신음이었다.

전에 그렇게 보기 좋았던 무기들이   52
이제는 슬프고 황량하게 보였으며,
검은 광채와 눈부신 빛살을 잃었고
멋지던 색깔에 아름다움이 없었다.
투구 꼭대기와 장식물을 아름답게
치장하던 것들이 이제 짓밟혔으며,
먼지가 피에 젖은 것을 더럽혀서
들판은 완전하게 모습이 바뀌었다.

왼쪽 끝[27]에 있던 아라비아 병사들,   53
에티오피아 병사들과 무어인들은
바깥으로 넓게 퍼지면서 나아갔고
그런 다음 적의 옆으로 돌아갔고,

---

27 그러니까 그리스도 진영의 오른쪽 끝으로 고프레도와 리날도가 있는 곳이다.

벌써 궁수들과 투석기의 사수들이
멀리서 프랑스 병사를 공격할 때,
리날도와 그의 부대가 움직였으니
마치 지진이나 번개처럼 보였다.

에티오피아의 뜨거운 땅 사이에서 54
메로에의 아시미로가 제일 강했다.
리날도는 검은색 목이 몸통과 만나는
부분을 가격했고 죽여 쓰러뜨렸다.
승리의 맛이 그 용감한 승리자에게
죽음과 피에 대한 식욕을 강렬하게
자극하였기 때문에, 그는 끔찍하고
기괴하고 믿을 수 없는 일을 했다.

타격보다 많은 죽음을 안겨주었고, 55
타격들의 폭풍이 자주 휘몰아쳤다.
뱀이 하나의 혀를 재빨리 움직여
세 개를 움직이는 것처럼 보이듯,
당황한 병사들은 그가 빠른 손으로
세 개의 검을 휘두른다고 믿었다.
동작에 현혹된 눈은 거짓을 믿었고,
공포는 그런 놀라움을 믿게 하였다.

아프리카의 군주들과 흑인 왕들은 56

죽음으로 서로의 피를 함께 섞었다.
리날도의 모범에 용기를 자극받은
동료들은 다른 자들을 공격하였다.
불신자들 무리는 방어하지 못하고
끔찍한 욕설과 함께 땅에 쓰러졌고,
그것은 전투가 아닌 학살이었으니,
이쪽은 검, 저쪽은 목만 움직였다.

하지만 오랫동안 얼굴을 돌린 채   57
얼굴에 부상을 당하지는 않았으니,
무리는 달아났고, 두려움에 쫓기며
그들의 대열은 흩어지고 나뉘었다.
하지만 모두 달아나 흩어질 때까지
흔적을 놓치지 않으면서 뒤쫓았고,
그런 다음 승리자들은 멈추었으며
달아나는 자들에게는 덜 난폭했다.

마치 맞서는 숲이나 언덕에 바람은   58
경쟁하듯 더 세게 불고 분노하지만,
그런 다음 널찍한 들판에서는 보다
평온하고 부드러운 숨결을 불어넣고,
바다는 암초 사이에서 끓어오르다가
너른 곳에서는 잠잠하게 물결치듯이,
그렇게 덜 강한 저항에 부딪칠수록

리날도는 자기 분노를 더 완화했다.

달아나는 자들에게 고귀한 분노를   59
헛되이 낭비하는 것을 경멸했기에,
옆에 아랍인과 아프리카인이 있는
보병들을 향해 리날도는 달려갔고,
그쪽은 무방비였으니, 도와줘야 할
자들은 죽어 누웠거나 멀리 있었다.
기사들은 측면에서 다가가 공격했고
보병 부대에 격렬한 타격을 가했다.

격렬한 공격은 창들과 장애물들을   60
부수고 그들 사이로 뚫고 들어갔고
쓰러뜨렸으니 마치 폭풍이나 바람이
들판의 곡물[28]을 쓰러뜨리는 듯했다.
땅바닥은 갑옷들과 찢어지고 뚫린
팔다리의 피로 흥건히 젖어 있었고,
기병들은 달려가며 아무 제지 없이
짓밟으며 광폭하게 그 너머로 갔다.

리날도는 아르미다가 전투 복장에   61
금빛 마차 위에서 추종자 귀족들과

---

28 원문에는 la pieghevole messe, 즉 "구부러지는 수확물"로 되어 있다.

연인들의 고귀한 호위대에 완전히
둘러싸여 있는 곳에 도착하였다.
여러 표시로 뚜렷한 그를 그녀는
분노와 욕망으로 떨리는 두 눈으로
바라보며 표정이 계속 바뀌었으니,
얼음 같았다가 이어서 불이 되었다.

리날도는 마차를 피하여 지나갔고   62
다른 것에 관심이 있는 척하였지만,
맹세한 기사들의 무리가 경쟁자를
싸움 없이 지나가게 놔두지 않았다.
검을 움켜잡거나 창을 겨누었으며
그녀는 벌써 활에다 화살을 메겼고
분노는 손을 밀며 잔인하게 했지만,
사랑이 그녀를 달래면서 억제했다.

사랑이 분노와 맞섰고 숨겨져 있던   63
그 불꽃이 살아 있음을 보여주었다.
세 번이나 쏘기 위해 손을 뻗었고
세 번이나 손을 내렸으며 자제했다.
마침내 분노가 이겼고 활을 겨누어
화살촉의 깃털이 날아가게 하였다.
화살은 날았지만 빗나가기를 바라는
마음이 곧바로 화살과 함께 날았다.

그녀는 날카로운 화살이 되돌아와   64
자기 가슴에 박히기를 원할 정도로
사랑이 지면서도 그렇게 강했으니,
만약에 이겼다면 어떻게 되었을까?
하지만 그러한 생각을 후회하였고
그런 갈등 속에 분노가 더 커졌다.
그래서 화살이 맞히기를 원했다가
원하지 않고, 눈으로 뒤따라갔다.

하지만 화살은 헛되이 가지 않았고   65
리날도의 단단한 갑옷에 닿았지만,
여자의 화살에는 너무 단단했으니
꽂히지 않고 거기서 끝이 무뎌졌다.
그는 몸을 돌렸는데, 무시당했다고
믿은 그녀는 강한 분노에 타올랐고,
여러 번 쏘았지만 맞추지 못하였고
쏘는 동안 아모르가 상처를 주었다.

'이자는 적의 타격도 무시할 정도로   66
꿰뚫을 수 없는가?' 그녀는 생각했다.
'혹시 단단한 영혼을 둘러싸는 돌로
자신의 사지를 뒤덮고 있는 것일까?
눈이나 손의 타격도 소용이 없으니
단련된 엄격함이 보호하고 있구나.

나는 무장했는데 무기력하게 졌고,
적이자 연인으로 함께 무시되었어.

이제 나의 모습을 바꿀 어떤 새로운   67
모습과 새로운 기술이 남아 있는가?
불쌍하다! 내 기사들에게는 아무런
희망도 없어. 그의 능력에 비하면
모든 무기와 모든 힘들이 연약하게
보이고, 또 분명히 그렇기 때문이야.'
그리고 자기 기사들 일부가 패배해
쓰러져 있는 것을 잘 볼 수 있었다.

그녀 혼자 자신을 방어할 수 없었고   68
벌써 포로이자 하녀가 된 것 같았고,
활 옆에 창이 있었지만 미네르바나
디아나의 무기[29]도 지켜주지 못했다.
독수리가 잔인한 발톱을 뻗으면서
위에서 덮쳐오자 겁이 많은 백조가
땅바닥에 웅크리고 날개를 숙이듯
그녀의 소심한 몸짓이 그러하였다.

---

29 로마 신화에서 미네르바(그리스 신화의 아테나)의 무기는 창이고, 디아나(그리스 신화의
아르테미스)의 무기는 활이다.

하지만 당시까지 페르시아 부대를   69
세우려고 노력하던 알타모로 왕은,
(벌써 몸을 돌린 채 달아나고 있던
부대를 힘들지만 혼자 막고 있었다.)
사랑하는 그녀가 그런 것을 보더니
그곳으로 달려갔고, 아니, 날아갔고,
자기 명예와 자기 부대를 버렸으며,
그녀를 구하기 위해 세상을 버렸다.

보호되지 않은 마차를 그는 지켰고   70
검으로 길의 장애물을 제거했지만,
그러는 동안 그의 부대는 리날도와
고프레도에 의해 죽거나 달아났다.
불쌍한 그는 그것을 지켜보면서도
지휘관보다 연인으로 참고 견뎠다.
아르미다가 안전한 것을 보고 나서
패자들에게 때늦은 도움을 줬으니,

그쪽 측면에서 이교도들의 진영은   71
돌이킬 수 없게 무너져 흩어졌지만,
맞은편에서는 그리스도 진영이 등을
돌리고 불신자들에게 들판을 내줬다.
로베르토 한 명은 적에 의해 가슴과
얼굴에 부상을 입고 겨우 달아났고,

다른 하나는 아드라스토의 포로였고,
그렇게 패배를 똑같이 나눠 가졌다.

그러자 고프레도는 기회를 잡았고,   72
자기 부대를 재정비하여 지체 없이
전투로 돌아갔고. 그리하여 한쪽은
다른 온전한 측면[30]에서 다시 싸웠다.
모두가 온통 적의 피로 물들었으며
모두가 승리의 전리품으로 장식했다.
승리와 영광은 온 사방에서 왔으며
포르투나와 마르스 중간에 있었다.

그렇게 신자들과 이교도들 사이에   73
잔인한 싸움이 벌어지고 있는 동안,
솔리마노는 탑 꼭대기의 발코니로
올라가 비록 멀리 있었지만 보았고,
마치 극장이나 경기장에 있는 것처럼
다양한 공격과 죽음의 강렬한 공포,
우연과 운명이 어우러진 장난들과
인간 상황의 쓰라린 비극을 보았다.

그런 처음 광경에 그는 깜짝 놀라   74

30 그리스도 진영의 오른쪽이다.

잠시 망연하게 있다가 불타올랐고,
자신도 위험한 전쟁터에서 고귀한
임무에 함께 참여하기를 열망했다.
갑옷을 모두 입고 있던 그는 그런
욕망에 재빨리 투구를 쓰며 외쳤다.
"자, 이제 더 이상 망설이지 마라.
오늘 승리하든지 아니면 죽으리라."

혹시 바로 그날 팔레스티나 왕국의   75
남아 있는 잔재가 모두 파괴되도록
신성한 섭리의 의지가 솔리마노에게
광기 어린 마음을 불어넣은 것인지,
아니면 다가온 죽음 앞에서 죽음을
맞이하고 싶은 욕망을 느낀 것인지,
그는 격동적이면서 재빠르게 문을
열고 예기치 않은 싸움을 이끌었다.

그는 독려에 대한 동료들의 승낙을   76
기다리지도 않고 혼자서 나갔으며,
혼자서 수많은 적들에게 도전했고
그 사이로 혼자 겁 없이 들어갔다.
하지만 그의 충동에 홀린 것처럼
다른 자들과 알라디노도 뒤따랐다.
비열하든 신중하든 두렵지 않고,

희망보다 오히려 분노에 이끌렸다.

잔혹한 솔리마노와 부딪친 자들은   77
갑작스런 잔혹한 타격에 쓰러졌고,
얼마나 빨리 죽음으로 이끌렸는지
보이지 않았는데 벌써 죽어 있었다.
처음부터 맨 끝까지 입에서 입으로
공포와 고통스런 소식이 전해졌고,
시리아에서 달려온 신자들 무리는
동요되면서 벌써 달아날 태세였다.

그렇지만 가스코뉴 부대는 공포와   78
혼란이 덜했고, 갑작스럽게 공격을
당하고 맞아 위험에 직면했는데도
자기 자리와 대열을 지키고 있었다.
야생 동물들이나 날개 달린 새들의
그 어떤 이빨이나 그 어떤 발톱도
병사들 사이의 그 이교도의 검만큼
양 떼나 새의 피에 젖지 않았으리라.

마치 굶주리고 탐욕스러운 것처럼   79
사지를 잡아먹고 피를 빨아들였다.
그와 함께 알라디노와 부하 부대도
포위한 자들을 타격하고 파괴했다.

하지만 라이몬도는 솔리마노가 자기
부대를 와해시키는 곳으로 달려갔고,
치명적인 고통의 타격을 안겨줬던
강한 팔을 알고도[31] 피하지 않았다.

그런데도 또다시 대적했고 또다시   80
전에 맞았던 곳을 맞고 쓰러졌는데,
그러한 타격의 무게가 너무 무거운
너무 많은 나이가 유일한 잘못이다.
이번에도 역시 수많은 검들과 함께
수많은 방패들이 막고 보호하였다.
솔리마노는 그가 죽었다고 믿었는지,
쉬운 적이라고 생각했는지 지나쳤고,

다른 자들을 자르고 부상을 입히며   81
좁은 공간에서 놀라운 일을 한 다음
분노가 자신을 이끄는 대로 새로운
살육의 대상을 다른 곳에서 찾았다.
굶주림에 자극받은 사람이 초라한
식당에서 화려한 만찬으로 옮기듯
더 큰 싸움터로 갔고, 피에 굶주린
분노를 거기에서 달래려고 하였다.

---

31 솔리마노의 쇠 곤봉에 맞아 졸도했던 것을 가리킨다. (제19곡 43~44연 참조)

그는 무너진 성벽을 통해 내려갔고   82
서둘러 대규모 전쟁터로 달려갔다.
반면 동료들의 분노와 그의 적들이
이미 부딪친 두려움은 남아 있었고,
한쪽[32]은 그가 불완전하게 남겨놓은
승리를 완수하기 위하여 노력했고,
상대방은 저항했지만 벌써 패주의
징조를 동반하고 있는 저항이었다.

가스코뉴 부대는 싸우며 퇴각했고   83
시리아의 사람들은 벌써 흩어졌다.
탄크레디가 누워 있는 숙소 근처로
비명 소리가 숙소 안으로 들려왔다.
그는 침대에서 약한 몸을 일으켰고
높은 곳 위에서 주위를 둘러보았고,
백작이 누워 있고, 일부는 퇴각하고
일부는 흩어져 달아나는 걸 보았다.

훌륭한 자에게 언제나 있는 덕성은   84
몸이 약해도 줄어들지 않기 때문에
상처 입은 육체가 마치 정신과 피의
자리를 차지하듯이 활력을 되찾았다.

---

32 이슬람 진영.

그는 왼손으로 무거운 방패를 들었고
힘없는 팔에 무겁지 않은 것 같았다.
오른손으로는 검을 빼어 들었고 마치
그것으로 충분한 듯 망설이지 않았고

내려가면서 외쳤다. "너희들 주인을   85
적에게 남겨두고 어디로 달아나느냐?
야만인들의 집이나 모스크에다 그의
갑옷을 전리품으로 전시하게 할 거냐?
가스코뉴에 돌아가 아들에게 너희들이
달아난 곳에서 아비가 죽었다고 해라."
그렇게 말했고, 허약한 맨가슴으로
많은 무장하고 강한 자들을 방어했다.

그러고는 황소의 가죽 일곱 겹으로   86
만들어진 데다 최고급으로 단련된
강철로 만든 덮개를 그 위에 덧댄
자신의 무겁고 튼튼한 방패로 그는
훌륭한 라이몬도를 검들과 화살들,
온갖 다른 무기들에서 가려주었고,
검으로 주위의 적들을 물리치면서
그늘처럼 안전하게 누워 있게 했다.

동료의 보호 아래 있던 라이몬도는   87

잠시 후에 숨을 돌리면서 일어났고,
가슴에는 분노, 얼굴에는 부끄러움,
두 개의 불꽃이 불타는 것을 느꼈고,
자신을 타격한 강력한 자를 찾으려
불타는 눈을 사방으로 돌려보아도
보이지 않자 떨면서 쓰라린 복수를
그의 부하들에게 하려고 준비했다.

가스코뉴 병사들[33]이 돌아왔고 모두   88
복수를 하려고 함께 대장을 따랐다.
이전에 대담하던 부대가 두려워했고,
대담함은 전에 두렵던 곳으로 갔다.
쫓다가 쫓겼고, 물러나다 압박했고,
그렇게 순식간에 상황이 바뀌었다.
라이몬도는 복수했고, 자기 손으로
백 명의 죽은 자로 치욕을 씻었다.

라이몬도는 아주 고귀한 머리들로   89
부끄러운 치욕을 씻어내는 동안에
앞에서 싸우고 있는 고귀한 왕국의
찬탈자[34]를 보고 그에게 달려들었고,

---

33 원문에는 Aquitani, 즉 "아퀴타니아 사람들"로 되어 있는데, 아퀴타니아Aquitania는 로마
시대 가스코뉴의 라틴어 이름이었다.

그의 머리에서 똑같은 곳을 계속해
타격하며 공격을 늦추지 않았으니,
왕은 쓰러졌고 끔찍한 신음과 함께
죽으면서 통치하던 땅을 깨물었다.

지도자 하나는 멀리 있고 또 하나는   90
죽자 남은 자들의 감정은 다양했다.
일부는 광분한 짐승과 마찬가지로
절망하여 가슴으로 검을 맞이했고,
일부는 두려워서 살아남을 생각에
전에 숨어 있던 곳[35]으로 달아났다.
하지만 패주자들 사이에 승리자도
섞여 들어가 영광의 점령을 끝냈다.

탑은 점령되었고 달아나던 자들은   91
높다란 계단이나 문턱에서 죽었고,
라이몬도는 탑의 꼭대기로 올라가
오른손으로 커다란 깃발을 들고서
거대한 양쪽 진영을 향하여 승리의
표시로서 바람에 펄럭이게 하였다.
하지만 거기에서 멀어져 전쟁터에

---

34 예루살렘을 통치하던 알라디노.
35 다윗 탑.

도착한 솔리마노는 보지 못하였다.

도착한 붉고 미지근한 전쟁터에는   92
점점 더 피가 물결치고 있었으니,
죽음이 승리를 펼치면서 배회하는
죽음의 왕국처럼 보일 지경이었다.
그는 고삐도 풀리고 기사도 없는
말 한 마리를 한쪽에서 발견하고
고삐를 손으로 잡고 텅 빈 안장에
올라타고 누르면서 몰고 나아갔다.

지치고 겁에 질린 사라센인들에게   93
그는 짧지만 커다란 도움을 주었다.
예기치 않게 엄습하여 지나가지만
그렇게 순간적인 질주의 흔적들이
깨진 돌덩이들에 영원히 남아 있는
짧지만 큰 번개라고 말할 수 있다.
그는 백 명 넘게 죽였지만, 두 명은
세월 속에서 잊히지 않아야 하리라.

질디페와 오도아르도여, 슬프고도   94
괴롭고 명예로운 그대들의 사건을
(만약 나의 시[36]에 합당한 일이라면)
나는 위대한 영혼들 사이에 봉헌해,

모든 시대가 사랑과 덕성의 놀라운
예로 그대들을 가리키고 기억하며,
아모르의 추종자는 눈물로 내 시와
그대들의 죽음을 기억하게 하리다.

담대한 여인은 그 난폭한 기사가   95
병사들을 학살하는 곳으로 갔으며,
두 번의 내려치기로 가격해 방패를
쪼갰으며 옆구리에 부상을 입혔다.
잔인한 그는 그녀의 옷을 알아보고
외쳤다. "바로 창녀와 애인이구나.
너를 지키는 데는 검과 애인보다
물레와 바늘이 훨씬 나을 것이다."

그리고 어느 때보다 강한 분노로   96
잔혹하고 가공할 타격을 가했으니,
모든 갑옷을 부수고 단지 아모르만
타격을 가했던 가슴으로 들어갔다.
그녀는 순식간에 고삐를 놓치면서
죽어가는 사람 같은 표정이 되었고,
불쌍한 오도아르도는 그것을 보고

---

36 원문에는 toscani inchiostri, 즉 "토스카나 잉크"로 되어 있는데, 토스카나 출신 단테와 페
    트라르카 이후 발전한 이탈리아 시의 전통을 존중하여 그렇게 표현하였다.

빠르지만 불행한 보호자가 되었다.

어떻게 하겠는가? 분노와 연민으로   97
그는 동시에 여러 곳에 서둘렀으니,
연민에 쓰러지는 보물을 받쳐주고,
분노에 공격자를 복수하려고 했다.
아모르는 공평하게 분노나 연민을
간과하지 못하게 그를 설득하였고,
그는 왼손으로는 그녀를 받쳐주고
다른 손으로 복수를 하려고 했다.

하지만 의지와 능력은 나뉘었고   98
강한 이교도에 대적하지 못했으니,
그녀를 받쳐주지 못했고, 부드러운
영혼을 죽인 자를 죽이지도 못했다.
오히려 솔리마노는 충실한 연인을
받쳐주고 있던 그의 팔을 잘랐으며,
그는 그녀를 쓰러지게 놓치고 나서
자기 몸으로 그녀의 몸을 짓눌렀다.

마치 담쟁이덩굴이 아주 탐욕스럽게   99
들러붙어 하나로 결합된 느릅나무가
도끼[37]로 자르거나 벼락에 쓰러지면,

동료 담쟁이덩굴과 함께 땅에 쓰러져
녹색으로 감싸던 잎사귀와 감미로운
열매를 자기 자신의 몸이 짓누르며
자신의 운명보다도 오히려 옆에서
죽어가는 동료에 대해 괴로워하듯이,

그렇게 그는 쓰러졌고 단지 하늘이   100
영원하게 만든 그녀 때문에 슬펐다.
말을 하려고 했으나 할 수 없었고
말을 대신해 한숨이 흘러나왔으며,
서로가 서로를 보며 언제나 그랬듯
가능한 한 서로가 서로를 껴안았고,
두 사람에게 동시에 빛이 꺼졌으며,
결합된 두 경건한 영혼은 함께 갔다.

그러자 파마[38]는 날개를 펼쳐 날았고   101
혀로 외치면서 슬픈 소식을 전했고,
리날도는 소문만 들었을 뿐 아니라
전령에게서 확실한 소식도 들었다.
분노와 의무, 연민의 정, 괴로움이

---

37 원문에는 ferro, 즉 "쇠"로 되어 있는데, 톱이나 도끼처럼 쇠로 만든 절단 도구를 가리킨다.
38 파마Fama는 로마 신화에 나오는 여신으로 사람들 사이의 소문과 여론을 주관한다. 굉장히 빨리 날아 이동했으며 수많은 눈과 입을 가졌다고 한다.

고귀한 복수를 하도록 이끌었지만,
솔리마노의 눈앞에서 아드라스토가
그의 길을 가로막으면서 도전했다.

그는 광폭하게 외쳤다. "잘 알려진   102
표시로 보니 내가 찾는 놈이로구나.
나는 모든 방패를 일일이 확인했고
하루 종일 헛되이 네 이름을 불렀다.
이제 네 머리로 내 빛[39]에게 맹세한
복수의 서원을 풀 것이다. 이제는
너 아르미다의 적과 수호자인 내가
여기서 무훈이나 분노로 겨뤄보자."

그렇게 도전했고 끔찍한 타격으로   103
관자놀이와 목을 계속해 공격했다.
신성한 투구는 부서지지 않았지만,
그는 안장에서 여러 번 흔들렸다.
리날도는 그의 옆구리를 공격했고
아폴론의 기술[40]이 쓸모없게 했으니,
거대하던 그 불패의 왕은 쓰러졌고,

39 아르미다.
40 의학을 가리킨다. 아폴론은 의학과 치료의 신 아스클레피오스의 아버지로서 의학의 수호
신이기도 하다.

단 한 방의 타격이 영광을 안았다.

두려움과 공포가 뒤섞인 놀라움에   104
주위 사람의 피와 심장이 얼었으며,
그 경이로운 타격을 본 솔리마노는
가슴이 떨리고 얼굴이 창백해졌고
자신의 죽음을 분명하게 예감했고,
어떻게 할 것인지 결정을 못했으니
그에게 이상한 일이었지만, 섭리는
인간 일의 무엇을 하지 못하겠는가?

약하거나 병든 사람이 짧은 잠에서   105
때로는 혼란스런 꿈에 시달리면서
열심히 뛰고 싶은 욕망에 다리를
펴려고 하지만 헛되이 애만 쓰고
자기 욕망에 대한 최대한의 노력에
피곤한 손과 발이 부응하지 못하고,
때로는 혀를 움직여 말하고 싶지만
목소리나 말이 나오지 않는 것처럼,

그렇게 당시의 솔리마노는 자신을   106
공격으로 이끌고 싶어 노력했지만,
안에서 예전의 분노를 찾지 못하고
약해지는 힘을 깨닫지도 못하였다.

안에서 뜨거운 불꽃이 불붙을수록
비밀스러운 공포가 모두 꺼뜨렸고,
여러 느낌이 가슴속에 동요되면서
달아나거나 퇴각할 생각도 못했다.

승리자는 우유부단한 자에게 갔고   107
가는 동안에 속도나 분노, 그리고
크기에 있어 인간의 모습을 훨씬
넘어섰고, 최소한 그렇게 보였다.
별로 싸우지 못하고 죽어가면서도
의례적인 대담함을 잃지 않았으니
타격을 피하거나 신음도 없었으며
고귀하고 위대한 태도를 유지했다.

많은 싸움에서 마치 안타이오스처럼   108
쓰러졌다가 더욱 강해져 있어났던
솔리마노가 마침내 영원하게 땅에
쓰러지자 소문이 주위로 날아갔고,
불분명하게 머뭇거리던 포르투나는
더 이상 승리를 모호하게 못하고
회전[41]을 멈추었고, 프랑스 군대의

---

41 포르투나는 인간사의 흥망성쇠를 지배하는데, 그것은 종종 수레바퀴를 돌리는 것으로 비
유된다.

지휘관들 편에 서서 함께 싸웠다.

누구보다도 이제는 동방의 핵심을   109
모아놓은 왕의 수비대도 달아났다.
불멸로 일컬어졌는데, 그런 오만한
명칭의 불명예와 함께 죽게 되었다.
에미레노는 깃발 가진 자의 도주를
막으면서 쓰라린 어조로 말하였다.
"그러니까 네가 우리 주군의 탁월한
깃발을 들도록 내가 선택한 자이냐?

리메도네, 이 깃발은 뒤로 되돌아서   110
가져가도록 너에게 준 것이 아니다.
그래, 겁쟁이야, 네 대장이 적들과
싸우는 것을 보며 혼자 달아나느냐?
살기를 원하느냐? 네가 가는 길은
죽음으로 데려가니 나와 함께 가자.
살기 원하는 자는 여기에서 싸워라.
명예의 길이 곧바로 삶의 길이로다."

수치심에 불타 그는 다시 돌아왔고   111
다른 병사에게 더 심한 말을 했으니,
때로는 위협하고 때렸고, 그의 검이
두려워서 돌아가 검과 싸우게 했다.

그렇게 약해진 측면의 최고 부대가
회복되었고 아직 희망을 갖게 했다.
퇴각하려 한 발자국도 돌리지 않은
티사페르노가 누구보다 독려하였다.

티사페르노는 그날 놀라운 일을 했다.   112
노르만 부대가 그에 의해 와해되었고,
플랑드르 병사들을 잔인하게 학살했고,
제르니에로, 루지에로, 게라르도를 죽였다.
그는 짧은 인생을 사실로써 영원한
영광의 목표로 연장시켰기 때문에,
사는 것이 별로 중요하지 않은 듯
전투의 가장 커다란 위험을 찾았다.

그는 리날도를 보았고, 그의 파란색   113
문장이 벌써 붉은색으로 물들었으며
독수리의 발톱과 부리가 피에 젖어
있었지만, 문장을 바로 알아보았다.
그는 "저기 가장 큰 위험이 있구나.
하늘께 청하니, 내 용기를 도와주고
아르미다의 복수를 하게 해주소서.
무함마드여, 성전에 갑옷을 바치겠소."[42]

42 승리하면 리날도의 갑옷을 전리품으로 모스크에 바치겠다는 뜻이다.

그렇지만 그의 귀머거리 무함마드는   114
전혀 듣지 않았기에 기도는 헛되었다.
사자가 타고난 야수성을 일깨우려고
자신을 때리고 채찍질하는 것처럼,
그는 분노를 깨웠고 사랑의 숫돌로
예리하게 만들고 불꽃으로 살렸다.
모든 힘을 모아 갑옷 속에 웅크리고
공격을 준비하여 말을 몰아 달렸다.

이탈리아의 기사[43]는 공격자의 몸짓을   115
깨닫자 바로 그를 향해 말을 몰았다.
가운데 넓은 공터가 만들어졌고, 옆에
있던 자들은 구경하려고 몸을 돌렸다.
이탈리아 영웅과 강한 사라센 기사의
타격들은 너무나 많고도 다양했기에
다른 사람들은 거의 자신의 분노와
애정, 자신의 상황을 잊을 정도였다.

한쪽[44]은 타격만 했고, 강력한 무기와   116
힘을 가진 상대방은 상처도 입혔다.
투구가 깨진 데다 방패도 갖지 않은

---

43 리날도.
44 티사페르노.

티사페르노는 피로 들판을 적셨다.
아름다운 마녀[45]는 자기 수호자의
찢어진 갑옷과 부상당한 몸을 보고,
모두 겁에 질린 다른 자들이 이제
무기력하게 옆에 있는 것을 보았다.

전에는 많은 기사들이 둘러쌌는데   117
이제는 마차에 혼자 남아 있었으며
종이 될까 두려워서 삶을 증오했고
절망적으로 승리와 복수를 원했다.
분노와 당혹감에 마차에서 내렸고,
서둘러서 자신의 말 위에 올라타고
달아났으니, 그녀 곁에는 '증오'와
'사랑'이 두 사냥개처럼 함께 갔다.

마치 아주 옛날에 클레오파트라가   118
잔혹한 전투에서 혼자 달아나면서
연인을 위험한 해전에서 행운 있는
아우구스투스에 대적하게 버려두자,
연인은 사랑으로 인해 부당하게도
외로운 돛을 따라가는 것 같았다.[46]

---

45 아르미다.
46 악티움 해전에서 클레오파트라와 안토니우스의 패배 이야기는 '행운의 섬'에 있는 아르미

티사페르노는 그녀의 비밀 도주를
따라갔을 테지만, 상대방이 막았다.

자기 위안이 사라지자 이교도에게는   119
태양과 낮이 동시에 지는 듯하였고,
그는 부당하게 자신을 막는 자에게
절망적으로 돌아서 머리를 공격했다.
굽어진 번개를 제작하는 브론테스[47]의
망치도 보다 가볍게 내려올 정도로
무거운 내려치기를 그에게 가했고,
타격에 머리가 가슴까지 숙여졌다.

리날도는 곧바로 다시 일어났으며   120
검을 휘둘러 단단한 갑옷을 뚫었고,
가슴을 꿰뚫고 생명이 머무는 심장
한가운데로 날카로운 검을 찔렀다.
얼마나 깊이 찔렀는지 이중 상처로
이쪽 가슴, 저쪽 등이 피에 젖었고,
그의 몸에서 달아나는 영혼에게는
널찍한 길이 여러 개 만들어졌다.

다의 궁전 입구에 새겨져 있었다.(제16곡 4~6연 참조)
47 그리스 신화에 나오는 외눈 거인 키클롭스 중 하나이다. 키클롭스들은 제우스에게 천둥과
번개를 만들어주었다.

그러자 리날도는 멈추어서 어디를   121
공격하고, 어디를 도와줄지 보았고,
이교도는 모두 흩어졌으며 그들의
깃발이 땅에 떨어진 것을 보았다.
여기서 살육을 멈췄고, 그의 뜨거운
싸움의 열기는 완화되는 것 같았다.
이제 평온해지자 홀로 괴로워하며
달아난 여인이 마음속에 떠올랐다.

분명히 도주를 보았고, 이제 연민과   122
기사도가 그녀를 보살피라고 했고,
그녀를 떠나며 기사의 이름을 걸고
약속했던 것이 머릿속에 떠올랐다.
그는 그녀가 달아난 곳을 향하였고,
말굽 자국이 보여주는 길을 보았다.
그동안 아르미다는 외로운 죽음에
어울리는 그늘진 장소에 이르렀다.

우연이 방황하는 걸음을 그 그늘진   123
계곡으로 이끈 것이 마음에 들었다.
여기서 그녀는 말에서 내렸고 활과
화살통, 모든 무기를 여기 내려놓고
말했다. "전쟁터에서 깨끗한 상태로
나온 부끄럽고 불행한 무기들이여,

여기 놓을 테니, 너희는 내 모욕에
복수하지 못했으니까 여기 묻혀라.

아! 이 많은 무기들 중에서 최소한   124
하나는 오늘 피에 젖어야 하겠지?
다른 가슴이 너희들에게 강하다면
여자의 가슴에는 상처를 입히겠지.
너희 앞에 있는 나의 맨가슴속에
너희의 역량과 승리가 들어 있으리.
내 가슴은 타격에 약해. 틀림없이
화살을 맞히는 아모르가 잘 알겠지.

너희의 과거 비열함을 용서할 테니   125
나에게 강하고 예리함을 보여다오.
불쌍한 아르미다, 단지 너희에게서
구원을 바라다니, 이 무슨 운명인가?
상처를 상처로 치료하는 것 외에는
어떤 치료도 내게는 소용이 없으니,
활의 상처로 사랑의 상처를 치료하고
죽음이 나의 가슴에는 약이 되리라.

내가 죽으면서 이 병으로 지옥을   126
오염시키지 않는다면 난 행복하리.
아모르는 남고 '증오'만 함께 가서

내 영혼에게 영원한 동료가 되거나,
아모르와 함께 어두운 왕국을 나와
나를 사악하게 경멸한 자에게 가서
잔혹한 밤이 되면 그에게 나타나고
끊임없이 끔찍한 꿈을 꾸게 하여라."

여기서 침묵했고 생각을 결정한 뒤   127
가장 예리하고 강한 화살을 고를 때
리날도가 도착하여 그녀를 보았는데,
극단적인 자기 운명에 가까이 다가간
그녀는 벌써 잔인한 동작을 취했고,
얼굴은 죽음의 창백함에 물들었다.
그는 뒤에서 다가가 잔인한 화살로
가슴을 겨누고 있던 팔을 붙잡았다.

아르미다는 몸을 돌렸고, 오는 것을   128
못 보았기에 갑작스런 그를 보더니
비명을 질렀고, 사랑하던 얼굴에서
경멸적인 눈을 돌리더니 기절했다.
그녀는 중간이 잘린 꽃처럼 천천히
고개를 숙이며 쓰러졌고, 리날도는
한 팔로 아름다운 옆구리를 받치며
한편으로 가슴의 옷을 늦춰주었고,

그녀의 아름다운 얼굴과 아름다운   129
가슴을 연민의 눈물로 젖게 하였다.
마치 아침의 은빛 이슬에 창백하던
장미가 다시 생생히 아름다워지듯이
그녀는 깨어나며 자기 눈물이 아닌
눈물로 울고 있던 고개를 들었다.
세 번 눈을 들었다가 세 번 숙였고
사랑하는 대상을 보려 하지 않았다.

그리고 자신을 받치고 있던 강력한   130
팔을 힘없는 손으로 피하며 밀쳤고,
여러 번 벗어나려 했지만 그가 더욱
강하게 껴안았기 때문에 실패했다.
마침내 전에는 소중했으나 그렇지
않은 척하는 품 안에 몸을 웅크렸고,
그의 얼굴로 눈을 돌리지 않은 채
눈물을 흘리면서 말하기 시작했다.

"떠날 때나 돌아올 때나 언제나   131
똑같이 잔인한 사람, 왜 왔어요?
내 생명이 죽게 만든 사람이면서
내 죽음을 막다니 정말 놀랍군요.
날 살리려고 해요? 아르미다에게
어떤 모욕과 고통이 준비되었나요?

당신의 모든 수법[48]을 알지만, 죽지
못하는 사람은 아무것도 못하지요.

당신의 개선식 마차에 배신당한 뒤   132
강제로 붙잡혀서 묶여 있는 여인이
없다면 당신 영광에는 수치겠지요.
그것이 최고 자랑거리일 테니까요.
전에는 평화와 생명을 요구했는데
지금은 죽음으로 벗어나고 싶지만,[49]
당신의 선물은 모두 증오스러우니
당신에게 죽음을 청하지 않겠어요.

잔인한 사람, 나 혼자 어떤 식이든   133
당신의 잔인함에서 벗어나고 싶어요.
만약 묶인 여자에게 독약이나 무기,
절벽, 밧줄이 없을지라도, 죽는 것을
당신이 막지 못하는 확실한 방법을
나는 알고 있고, 하늘에게 감사해요.
이제 그만 유혹해요. 아! 거짓 같아요.
세상에, 연약한 희망을 유혹하다니!"

---

48 원문에는 l'arti del fellone ignote, 즉 "배신자의 미지의 기술들"로 되어 있다.
49 원문에는 dolce or saria con morte uscir de' pianti, 즉 "이제는 죽음으로 눈물에서 벗어
    나는 것이 달콤할 거예요."로 되어 있다.

그렇게 슬퍼하였고, 증오와 사랑이   134
아름다운 눈에서 쏟는 슬픈 눈물에
리날도는 소심한 연민이 반짝이는
애정 어린 자신의 눈물을 뒤섞었고,
아주 부드러운 목소리로 말하였다.
"아르미다, 동요된 마음을 진정해요.
조롱이 아닌 왕국을 찾게 해주겠소.
적이 아니라 당신의 보호자, 종이오.

만약에 내 말을 믿고 싶지 않다면,   135
내 눈에서 타오르는 진심을 보아요.
당신 조상들이 통치하던 왕궁으로
데려가겠다고 맹세하오. 오, 내가
동방의 어느 여인도 견줄 수 없게
유복한 왕국을 해주고 싶은 것처럼,
하늘의 빛살이 당신의 마음속에서
이교의 베일을 걷어준다면 좋겠소."

그렇게 말하며 부탁했고 그 부탁에   136
탄식과 함께 뜨거운 눈물을 적셨고,
그리하여 태양이 이글거리고 따뜻한
바람이 불 때 산 위의 눈이 그렇듯,
아주 확고해 보이던 그녀의 분노는
녹아버리고 다른 욕망만이 남았다.

"나는 당신의 하녀, 당신 마음대로
하세요. 손짓이 바로 율법이 되지요."

그러는 동안 이집트 군대의 대장은   137
고프레도의 강력한 일격에 튼튼한
리메도네와 함께 자기 왕의 깃발이
바닥에 떨어지는 것을 보고, 자신의
백성이 패배하고 죽은 것을 보더니,
힘든 종말에 겁쟁이로 보이기 싫어
유명한 손이 가하는 유명한 죽음을
찾아 돌아다녔는데 헛되지 않았다.

다른 가치 있는 적을 보지 못했기에   138
훌륭한 고프레도를 향해 말을 몰았고,
지나가거나 도착하는 곳마다 마지막
절망적인 무훈의 징표를 보여주었고,
가까이 가기 전에 멀리에서 외쳤다.
"자, 네 손에 죽으려고 내가 간다.
하지만 마지막 쓰러지며 내 파멸이
너를 덮치고 짓누르게 만들 것이다."

그렇게 말했고 각자 상대방을 향해   139
공격하려고 한 지점으로 달려갔다.
프랑스군 대장은 방패가 부서지며

무장이 해제됐고 왼쪽 팔을 찔렸다.
반면에 상대방은 그로부터 왼쪽 뺨
관자놀이에 강력한 타격을 받은 뒤
안장에서 정신을 잃었고, 일어나려
노력하다가 배를 찔려서 떨어졌다.

대장 에미레노가 죽고 이제 패배한   140
대규모 군대에서 소수만이 남았다.
고프레도는 패한 자들을 뒤쫓다가,
알타모로가 검도 부러지고 머리에
투구도 부서진 채 피에 젖어 있고
많은 창들에 싸여 맞는 것을 보고
부하들에게 외쳤다. "멈춰라. 기사여,
포로로 항복해라. 나는 고프레도다."

그 당시까지 대단한 용기로 조금도   141
초라한 행동을 보이지 않던 그는
에티오피아에서 북쪽까지 분명하게
널리 퍼진 그의 이름을 듣자 곧바로
무기를 내밀며 대답했다. "요구하는
대로 하겠소. 그럴 가치가 있으니까.
하지만 알타모로에 대한 당신 승리는
영광과 황금에서 빈약하지 않으리다.

자비로운 아내는 내 왕국의 황금과   142
보석들로 나에 대해 보상할 것이오."
고프레도는 그에게 "하늘은 나에게
보물을 탐하는 마음을 주지 않았소.
그대가 인디아에서 또 페르시아에서
거두어들이는 것은 그대가 가지시오.
다른 사람 몸값을 나는 원하지 않고,
거래가 아니라 싸우러 아시아에 왔소."

그리고 그를 수비대원들에게 맡기고   143
계속해서 패주자들을 뒤쫓아갔다.
그들은 피난처를 찾아 달아났지만
거기에서도 죽음을 피하지 못했다.
살육이 가득한 계곡은 장악되었고
피의 강이 천막들 사이로 흐르면서
전리품들을 적셨고, 그 야만인들의
화려한 장식물들을 얼룩지게 했다.

그렇게 고프레도는 승리했고, 낮의   144
햇살이 아직도 많이 남아 있었기에
승리자들은 해방된 도시로 향했고,
그리스도의 신성한 무덤으로 향했다.
대장은 피에 젖은 옷을 벗지도 않고
다른 자들과 함께 성전으로 갔으며,

거기에 갑옷을 걸어두고 경건하게
위대한 무덤 앞에서 서원을 풀었다.

1. 토르콰토 타소의 생애

토르콰토 타소Torquato Tasso(1544~1595)는 이탈리아 남부 해안의 아름다운 작은 도시 소렌토에서 태어났다. 아버지는 북부의 베르가모 출신이었으나 궁정인으로 당시에는 살레르노의 군주를 섬기고 있었다. 하지만 살레르노의 군주가 추방되면서 타소는 여섯 살 때부터 아버지를 따라 시칠리아, 나폴리를 거쳐 로마, 우르비노, 베네치아 등 여러 곳을 전전하였다. 하지만 어머니는 지참금 문제 때문에 타소의 누나와 함께 나폴리에 남아 있었는데, 1556년 로마에 머물고 있던 타소 부자에게 어머니의 사망 소식이 전해졌다. 1559년 베네치아로 갔고 거기에서 열다섯 살 무렵『해방된 예루살렘Gerusalemme liberata』을 집필하기 시작하였는데 처음의 제목은『예루살렘』이었다.

1560년 아버지의 뜻에 따라 파도바 대학 법학부에 진학했으나 법학 공부에는 관심이 없고 문학에 이끌렸고, 결국 1년 뒤에는 문학을 공부해도 좋다는 아버지의 허락을 받았다. 그 무렵 데스테d'Este 가문의 루이지Luigi 추기경(1538~1586)의 궁정에 들어가게 되었고, 1561년 추기경의 누이 엘레오노라를 섬기던 궁정 여인 루크레치아 벤디디오를 만나 사랑에 빠졌다. 타소는 그녀에 대해 여러 편의 시에서 노래했으나 그녀가 결혼한 뒤 격분하고 절망했다.

그동안 기사도를 노래한 서사시『리날도*Rinaldo*』를 완성하여 루이지 추기경에게 바쳤고, 1562년 베네치아에서 출판된 이 작품으로 아직 젊은 타소는 유명해지기 시작했다. 그리고 장학금을 받아 대학 공부를 계속하게 되었고, 파도바 대학에서 2년 동안 공부한 다음 볼로냐 대학으로 옮겼으나, 그곳 학생들과 교수들에 대해 풍자했다는 혐의로 장학금을 박탈당하고 추방되어 파도바로 돌아왔다.

1565년 페라라에 정착하여 루이지 추기경을 섬겼으나 1572년부터는 추기경의 형이자 페라라의 공작 알폰소Alfonso 2세(1533~1597)를 섬겼다. 루이지 추기경은 타소가 문학에 몰두할 수 있게 허용해주었고, 타소는 추기경의 두 누이 루크레치아와 레오노라와 가까이 지내면서 데스테 궁정의 풍부한 문화적 환경에서 많은 영향을 받았다. 거기에서 탁월한 목가극(牧歌劇)『아민타*Aminta*』가 탄생하였다. 1573년 처음 공연된 이 작품은 16세기 궁정들에서 많은 인기를 끌었다. 『아민타』의 성공에 힘입어 이듬해에는 비극『토리스몬도 왕*Re Torrismondo*』을 발표하였다.

1575년에『해방된 예루살렘』초고를 완성했고, 제목을『고프레도*Il Goffredo*』로 정했다. 그런데 바로 그 무렵부터 타소는 신경증에 시달리기 시작했다. 주요 원인은 공들여 완성한 작품을 종교 재판 당국이 싫어하지 않을까 하는 두려움이었다. 그로 인해 여러 사람에게 충고를 구했고, 심지어 스스로 종교 재판관에게 검열을 의뢰하기도 했다. 검열에서 커다란 문제가 없다고 결론을 내렸는데도 불구하고 타소의 의혹은 사라지지 않았고, 심리적 불안감이 점점 더 악화되었으며 죽을 때까지 그를 떠나지 않았다.

그런 이유 때문인지 타소는 알폰소 공작과 페라라 궁정에 싫증을 느끼기 시작했고 결국 감시를 당하다가 몰래 도망쳐 누나가 있는 소렌토로 갔다. 그리고 다시 페라라 궁정으로 돌아왔지만 또다시 달아났고 이곳저곳 떠돌다가 우르비노에서 토리노까지 걸어가기도 했다. 그렇게 신경증과 광기에 시달리던 타소는 페라라 궁정에서 커다란 소동을 일으켰고, 결국 1579년 산탄나Sant'Anna 병원에 강제로 구금되기에 이르렀으며, 무려 7년 동안 격리된 감금 생활을 하였다. 그가 감금되어 있던 방은 소위 '타소의 독방'으로 유명해지기도 했다. 거기에서 정신병이 더욱 악화되어 타소는 끔찍한 악몽과 환각, 환청에 사로잡히기도 했다.

타소의 광기와 감금 생활은 곧바로 대중적인 호기심의 대상이 되었다. 특히 광기의 원인과 관련하여 여러 가지 이야기가 떠돌았다. 가장 널리 퍼진 소문에 의하면 타소는 정말로 미친 것이 아니라 알폰소 공작의 누이와 애정 관계를 가졌고, 그것에 대해 공작이 처벌하기 위하여 미쳤다는 누명을 씌워 감금하였다는 것이다. 그 구체적인 증거로 감금 생활 동안 집필한 작품이 지극히 명료하고 합리적이라는 사실을 들기도 한다. 사실 여부를 떠나 그런 전설은 타소를 유명하게 만들었고, '타소의 독방'을 방문한 적이 있는 괴테는 희곡 『토르콰토 타소』(1790)를 쓰기도 했다. 낭만주의 시대에 타소는 개인과 사회 사이에서 빚어지는 갈등의 상징이자, 사람들에게 이해받지 못하고 박해당한 천재로 간주되었다. 그런 맥락에서 이탈리아 최고의 서정시인 자코모 레오파르디Giacomo Leopardi(1798~1837)는 타소의 천재성에 대한 애정 어린 글들을 남겼다.

산탄나 병원에서 처음에 1년 남짓한 기간 동안에는 엄격하게 격리되고 비참한 생활을 강요당했지만, 서서히 완화되어 친구들을 맞이하거나 편지를 쓰고, 작품을 집필하도록 허락되었다. 그리하여 여러 사람과 수많은 편지를 주고받았으며, 다양한 주제의 대화편을 비롯하여 여러 작품을 완성하였다. 그런데 병원에 격리되어 있는 동안 타소의 허락도 없이『해방된 예루살렘』해적판이 출판되기 시작했다. 1581년에는 두 가지 판본이 출판되었는데,『해방된 예루살렘』이라는 제목은 당시 해적판의 편집자가 정한 것이었다. 그리하여 타소는 마지못해 작품의 출판을 허락하게 되었고, 1581년 6월 24일 페라라에서 공식적인 판본이 출판되었다.

1586년 타소는 마침내 병원의 감금 생활에서 풀려났고, 만토바의 공작 빈첸초 곤차가Vincenzo Gonzaga(1562~1612)의 궁정에 머무르면서 한동안 평온을 되찾은 것처럼 보였다. 하지만 또다시 만토바의 궁정을 떠났고, 갖가지 고통을 겪으면서 페라라, 볼로냐, 로마, 나폴리 등 이탈리아 전역을 떠돌면서 생활하다가 1595년 로마에서 사망하였다. 한편으로는 시인으로서의 명성과 명예를 누렸지만, 다른 한편으로는 내면적 고뇌와 번민에 시달리며 떠도는 삶을 살았던 타소의 유해는 로마 자니콜로 언덕의 산토노프리오Sant'Onofrio 성당에 묻혀 있다.

2.『해방된 예루살렘』

『해방된 예루살렘』은 열다섯 살 무렵 베네치아에 머무르는 동안에 집필하기 시작하여 1575년 완성한 타소의 최고 걸작이다. 모두 20곡, 즉 '노래 canto'로 구성되었으며, 총 1,917개의 '8행연구ottava', 그러니까 15,336행으로 되어 있다. 전통적인 이탈리아 서사시의 형식에 따라 11음절 시행에 각운은 ABABABCC 형식으로 되어 있다. 시행의 숫자로만 보면 단테의『신곡』보다 약간 길다.

전체적인 스토리는 비교적 단순하다. 제1차 십자군 전쟁이 6년째(실제 역사에서는 3년째로 대략 1099년 초에 해당한다) 되던 해에 부용의 고프레도는 하느님의 뜻에 따라 십자군의 '대장capitano', 즉 총사령관으로 선정되고 우여곡절 끝에 성지 예루살렘을 정복하게 된다는 것이다. 그리고 이핵심 이야기를 중심으로 다양한 곁가지 이야기들이 펼쳐진다. 특히 여러 남녀 등장인물들 사이에서 빚어지는 사랑 이야기는 독자들에게 읽기의 재미를 더해주는 주요 요인이 된다. 소프로니아와 올린도, 아르미다와 리날도, 클로린다와 탄크레디, 에르미니아와 탄크레디 사이의 사랑과 그로 인한 여러 가지 사건과 애증의 드라마는 제각기 독립적인 이야기이면서 동시에 전체적인 사건의 흐름과 유기적으로 연결되어 있다.

여기에 나오는 남녀의 애정 이야기는 중세 기사도 문학과 함께 탄생한 소위 '궁정식 사랑courtly love'의 모델과는 뚜렷하게 구별된다. 이상적이고 관념적인 사랑이 아니라 지극히 현실적이고 지상적인 사랑을 지향하며, 대부분의 경우 원하는 사랑을 얻기 위하여 수단이나 방법을 가리지 않는다. 그런 맥락에서 여성의 육체적 아름다움과 매력을 강조하고, 때로는 상당히 감각적이고 에로틱한 장면 묘사도 많이 등장한다. 아르미다가 '행운의 섬'에 마법으로 세워놓은 영원한 쾌락의 정원이 대표적인 예이다. 또한 육체적 관계, 특히 순결한 여성과의 육체적 접촉이 사랑의 궁극적인 목적인 것처럼 그곳 정원에서 불어오는 바람은 새벽에 사랑의 장미를 꺾으라고 속삭이기도 한다. 심지어 클로린다와 탄크레디의 비극적인 결투마저 두 사람의 관계를 의식하여 연인들 사이의 에로틱한 사랑의 이미지와 연결시키고 있다.

그리고 사건의 흐름은 주로 단순한 이분법에 따라 선과 악, 천국과 지옥, 천사와 악마에 의해 좌우된다. 이 두 초월적 세력은 핵심 줄거리를 비롯하여 거의 모든 사건의 흐름을 결정짓는 핵심 요소이다. 또한 거기에다 마법이 중요한 변수로 작용한다. 마법사와 마녀는 양쪽 진영 모두에서 온갖 계략과 술책으로 갖가지 사건을 벌이면서 중요한 역할을 한다. 대부분의 주요 사건에는 마법이나 초월적인 힘이 개입함으로써 예상하지 못한 방향으로 전개되기도 한다. 그리고 마법은 사랑과 밀접하게 연결되기도 한다. 특히 아르미다는 사랑과 마법이 교묘하게 융합된 대표적인 등장인물이다.

이러한 세속적 사랑 이야기와 마법적 요소들이 가미됨으로써 성스러운 전쟁의 이미지가 흐려지지 않을까 하는 두려움은 타소의 정신병에 주요 요인으로 작용하였다. 거기에다 당시의 시대적 상황도 심리적 압박을 가하였다. 그 무렵 이탈리아에서는 종교 재판과 검열이 한창 맹위를 떨치고 있었다. 종교 개혁의 물결을 막기 위해 열렸던 트렌토 공의회(1545~1563)가 마무리된 지 얼마 되지 않은 데다 1559년 소위 '금서 목록Index librorum prohibitorum'이 발표되면서 공포 분위기는 널리 확산되어 있었다. 작품을 읽어본 알폰소 공작은 출판을 원했지만, 타소는 두려움에 망설였다. 결국 박식하고 권위 있는 인물 다섯 명에게 작품에 대한 평가를 부탁했고, 그들의 긍정적 또는 부정적인 판단 사이에서 계속 흔들리면서 작품을 수정해야겠다는 생각에 집착했다.

『해방된 예루살렘』이 1581년 공식적으로 출판된 직후부터 타소는 수정과 보완 작업을 시작하였다. 특히 병원의 감금 생활에서 풀려난 다음에는 열정과 심혈을 기울여 작업했다. 그리하여 사랑과 관련된 장면들을 상당 부분 삭제하였으며 그 대신 이야기의 종교적이고 도덕적이며 엄숙한 측면을 강조하였다. 그뿐만 아니라 일부 다른 일화들도 줄이거나 삭제했고 제목까지 『정복된 예루살렘Gerusalemme conquistata』으로 바꾸었다. 『정복된 예루살렘』은 1593년 로마에서 출판되었지만 별로 관심을 끌지 못했는데, 수많은 교정으로 인해 일반적으로 『해방된 예루살렘』과는 다른 별개의 독립적 작품으로 간주된다.

타소가『해방된 예루살렘』을 쓰게 된 동기로는 당시의 시대적 상황과 개인적 경험을 들 수 있다. 그 무렵 소아시아에서 세력을 확장시킨 오스만 제국의 메흐메트 2세는 1453년 콘스탄티노폴리스를 점령하여 비잔티움 제국을 몰락시킨 다음 유럽 전역에 위협을 가하면서 공포감을 확산시켰다. 그러니까 이슬람교와 그리스도교가 첨예하게 대립하던 시기였고, 그것은 과거 십자군 전쟁의 기억을 되살리기에 충분하였다. 타소는『해방된 예루살렘』을 페라라의 알폰소 공작에게 헌정하였는데, 작품 안에서 공작을 고프레도에 비유하면서 오스만 제국에 대항하여 새로운 십자군 전쟁을 지휘하라고 권한다. 그리고 타소는 어렸을 때부터 예수회 학교에서 공부하면서 독실한 가톨릭 교육을 받았다. 그런 데다 결혼한 누나가 소렌토에서 오스만 함대에게 납치당할 위험에 직면한 일이 있었다. 그로 인해 타소는 이슬람에 대해 더욱 강한 혐오와 반감을 품게 되었으며, 그것 역시 작품 집필에 영향을 주었을 것으로 짐작된다.

그리스도교와 이슬람교 사이의 대립과 전쟁이라는 주제는 프랑스 소재 기사도 문학을 탄생시켰을 뿐만 아니라 수많은 이야기들의 끊임없는 원천이었다. 특히 이탈리아에서는 오를란도(프랑스어 이름은 롤랑)를 비롯한 여러 기사의 모험이 일반 대중들뿐만 아니라 궁정에서도 커다란 인기를 끌었다. 십자군 전쟁이 시작될 무렵 300년 전에 있었던 전설적인 오를란도의 무훈담이 노래되면서 오랜 세월 동안 커다란 인기를 끌었던 것처럼, 16세기 후반 오스만 제국의 위협은 십자군 전쟁의 위업을 되돌아보게 만드는 계기가 되었다.

타소는 이러한 기사도 서사시의 전통을 이어받으면서 동시에 당시의 시대적 상황을 반영하고자 했다. 가장 커다란 관심을 기울인 것은 역사적 사실에 충실하려는 것이었다. 오를란도를 비롯한 대부분의 기사도 이야기가 순수한 문학적 허구로 상상력을 자극하는 멋진 여흥거리였던 것에서 벗어나려고 시도한 것이다. 여흥보다는 오히려 교훈적이고 교육적인 측면에 초점을 맞추려고 했다. 최소한 핵심 줄거리와 주요 등장인물은 실제 역사에서 이끌어내고, 부수적이고 주변적인 것들은 허구로 장식하려고 했다. 그래서 선택한 것이 제1차 십자군 전쟁에서 성지 예루살렘을 탈환하는 이야기였다. 역사에 충실하기 위하여 타소는 티레Tyre의 굴리엘모Guglielmo(프랑스어 이름은 기욤Guillaume, 1130?~1186)가 쓴 『역사 Historia』를 주요 출전으로 삼았다. 작품에도 등장하는 티레의 굴리엘모는 아마도 프랑스 또는 이탈리아계로 추정되는데, 예루살렘에서 태어났으며 레바논 남서부 티레의 대주교를 역임하였다.

그렇지만 독자들의 호기심을 자극한 것은 역사적 사실 못지않게 허구적인 이야기들, 특히 남녀 등장인물 사이에서 빚어지는 애정의 드라마였다. 그 덕택에 『해방된 예루살렘』은 출판 직후부터 엄청난 대중의 인기를 끌었다. 그것은 수많은 편집과 거듭되는 인쇄에서 분명히 드러난다. 16세기 마지막 후반에만 서른 가지에 달하는 판본이 나왔으며, 17세기와 18세기에 나온 판본도 각각 백여 가지가 넘었고, 19세기에는 무려 오백 가지 판본이 출판되었다. 그런 인기는 이탈리아에만 국한되지 않았다. 곧바로 라틴어를 비롯한 유럽의 여러 언어들로 번역되면서 다른 나라 독자들의 마음을 사로잡았다. 또한 다양한 형식으로 패러디하거나 모방한 작품들도 이어졌다.

『해방된 예루살렘』은 문학 이외의 다른 예술 분야에도 영향을 주었는데, 특히 애틋한 사랑 이야기들은 음악가에게 멋진 소재를 제공하였다. 대표적인 예로 17세기 중반 몬테베르디에 의한 「탄크레디와 클로린다의 결투」에 뒤이어 마드리갈을 비롯한 다양한 형식의 음악이 발표되었고, 헨델, 글

루크, 하이든, 로시니, 드보르자크 등에 의한 오페라가 나왔다. 미술에서는 로렌초 리피, 푸생, 들라크루아, 티에폴로, 틴토레토 등 뛰어난 화가들이 타소의 이야기를 소재로 작품들을 남겼다. 또한 발레의 주제가 되기도 했고, 현대에 들어와서는 영화나 연극, TV 드라마로 제작되기도 했다.

『해방된 예루살렘』이 널리 인기를 끌면서 페라라 출신의 뛰어난 작가 아리오스토Ludovico Ariosto(1474~1533)의 『광란의 오를란도*Orlando Furioso*』와 비교하는 논쟁이 벌어졌는데, 그것은 이탈리아 문학사에서 가장 유명한 논쟁 중의 하나로 꼽힌다. 논쟁의 발단은 카푸아 출신 시인 펠레그리노Camillo Pellegrino(1527~1603)가 1584년 피렌체에서 출판한 대화편 『카라파 또는 서사시에 대해*Il Carrafa, o vero della epica poesia*』에서 비롯되었다. 여기에서 펠레그리노는 아리오스토와 타소의 걸작을 비교하면서, 타소의 작품은 아리스토텔레스의 규범을 충실하게 따르고 윤리적인 시라고 높게 평가하였고, 반면에 아리오스토의 작품에 대해서는 경박하고 산만하다는 이유로 비판하였다.

이런 주장에 대해 1583년 피렌체에서 탄생한 이탈리아어 연구 학자들의 모임인 '아카데미아 델라 크루스카Accademia della Crusca'에서 강하게 반발하였다. 반박의 주요 논지는 타소의 작품이 아리오스토의 위대하고 완벽한 걸작을 모방하고 표절하는 데 머물렀다는 것이다. 그리고 이런 비판에 대해 타소는 『해방된 예루살렘을 옹호하는 변명*Apologia in difesa della Gerusalemme liberata*』을 출판하였고, 무엇보다도 자신의 작품이 실제 역사를 토대로 하였다는 사실을 강조하였다. 논쟁은 한동안 잠잠해지기도 했지만 타소가 사망한 이후에도 계속되었다.

타소가 아리오스토의 작품을 모델로 삼은 것은 사실이다. 하지만 플롯이나 구성 방식, 작가의 태도와 어조 등 여러 가지 면에서 다른 모습을 보이고 있다. 그 이면에는 시대적 상황의 변화가 주요 원인으로 작용하였다. 『광란의 오를란도』가 출판된 16세기 전반 페라라는 르네상스가 최전성기에 이른 데다 정치적으로나 종교적으로 비교적 자유로운 분위기였으나, 불과 50여 년 뒤 타소가 『해방된 예루살렘』을 집필하던 무렵에는 완전히 다른 환경으로 바뀌었다. 그런 시대적 변화는 직접적으로나 간접적으로 작품 집필에 영향을 주지 않을 수 없었고, 타소의 신경증에도 주요 요인으로 작용하였다. 그런 점을 고려한다면 타소와 아리오스토의 작품을 평면적으로 단순하게 비교하는 것은 별로 의미가 없을 것이다. 각자 고유한 역사적, 문화적 맥락 속에서 나름대로의 정당성과 고유한 가치를 갖고 있기 때문이다.

『해방된 예루살렘』은 『광란의 오를란도』와 함께 중세 기사도 문학을 최종적으로 마무리하는 작품이라고 할 수 있다. 실제로 이 작품이 출판된 16세기 후반은 르네상스가 막바지에 이르면서 새롭게 열리기 시작한 근대를 맞이하기 위하여 분주하게 움직이던 무렵이었다. 그런 상황에서 『해방된 예루살렘』은 지나간 중세 기사도 문학의 이상과 서사시의 전통을 향수 어린 눈길로 되돌아보면서 마지막 작별을 고하는 것처럼 보인다. 장엄하게 끝나가는 한 시대를 회상하고 마무리하는 작품이지만 그 감동은 여전히 강렬하다. 그런 이유 때문인지 고뇌와 번민으로 가득한 타소의 삶과 함께 지금도 독자들의 마음속에 긴 여운을 남긴다.

2017년 하양 금락골에서
김운찬

인명 찾아보기

ㄱ

리메도네Rimedone XVII 30; XX 110, 137

ㅁ

마르스Mars I 52, 58; V 44; VI 55; VII 8, 68; X 42; XI 57; XVII 31; XVIII 47; XX 72
마르코Marco I 79
마를라부스토Marlabusto XVII 30
마틸데Matilde 1 59; XVII 77
메가이라Megaera II 91
메데이아Medeia IV 86
메두사Medusa VI 33
메에메토Meemetto III 44
무사Mousa I 2; IV 19; VI 39; XI 70; XIV 9; XVII 3
무함마드Muhammad I 84; II 2, 51, 69; XVII 4, 24; XX 113-114
물레아세Muleasse (아랍 사람) IX 79
물레아세Muleasse (인도 사람) XX 22, 48
미네르바Minerva XX 68
미카엘Michael IX 58; XVIII 92

ㅂ

바쿠스Bacchus XV 32
바프리노Vafrino XVIII 59; XIX 56-65, 75-126
발도비노Baldovino I 9, 40; III 61; V 48; VII 66; VIII 67, 75; XI 68; XX 48
발레리아노Valeriano XVII 73
베드로Petros I 64; XV 29; XVII 78
베렌가리오Berengario 1세 XVII 74
베렌가리오Berengario 2세 XVII 75
베르톨도Bertoldo I 59; III 42; VIII 2, 45; IX 2; XIV 12; XVI 32; XVII 81
베를린기에로Berlinghiero IX 68
베아트리체Beatrice XVII 77

아담Adam IV 35; XVIII 14

아데마로Ademaro I 38-39; XI 3, 5, 44; XIII 69; XVIII 95

아드라스토Adrasto XVII 28, 49, 50; XIX 68-73, 125; XX 49, 71, 101

아라디노Aradino XVII 35

아라만테Aramante IX 30

아라스페Araspe (솔리마노의 충고자) IX 10

아라스페Araspe (이집트 군대의 지휘관) XVII 13

아라크네Arachne II 39

아론테Aronte IV 56-59

아론테오Aronteo XVII 16

아르간테Argante II 59-60, 88, 93; III 13, 33-34, 41-51; V 13, VI 2, 14, 19-52, 75, 84;
　　VII 49-50, 84-121; IX 43, 53, 67, 94; X 36-45; XI 27, 36, 49, 52, 60, 78; XII 2-13,
　　47-49, 101, 104; XIII 15; XVIII 67, 101; XIX 1-26, 115-116

아르날토Arnalto V 33

아르델리오Ardelio III 35

아르도니오Ardonio XX 39

아르미다Armida IV 27-28, 33, 84, 87; V 1, 11, 15, 79-81; VII 32-36, 47-48, 59; X 58;
　　XIV 50, 56-57, 78; XVI 23, 27, 35, 53, 60-65; XVII 9, 33, 41, 51; XVIII 30-34; XIX
　　67-73, 84, 100, 124; XX 22, 61, 70, 102, 113, 122-134

아르빌란Arbilan IV 43

아르세테Arsete XII 18, 42, 101

아르제오Argeo XX 34

아르질라노Argillano VIII 57-60, 81-82; IX 74-76, 83, 87

아르타바노Artabano XX 37

아르타세르세Artaserse XX 34

아르테미도로Artemidoro V 73

아리다만테Aridamante XVII 31

아리데오Arideo VI 50

아리모네Arimone (십자군 기사) XII 49-51

아리모네Arimone (인도 사람) XVII 31

아리몬테Arimonte XX 37

아리아데노Ariadeno IX 40

아리아디노Ariadino IX 79

지은이

:: 토르콰토 타소Torquato Tasso, 1544~1595

1544년 이탈리아 남부 소렌토에서 태어났으나, 궁정인이었던 아버지를 따라 어렸을 때
이탈리아 북부로 갔다. 아버지의 뜻에 따라 처음에는 대학에서 법학을 공부했지만 문학
에 전념하게 되었고, 페라라에서 데스테 가문의 루이지 추기경을 섬겼다. 젊었을 때부터
서사시와 비극, 목가극을 발표하면서 유명해지기 시작했고, 제1차 십자군전쟁을 소재로
하는 장편 서사시『해방된 예루살렘』을 완성했다. 하지만 종교재판의 검열에 대한 두려
움과 함께 시작된 정신병으로 병원에 감금되기도 하였다.『해방된 예루살렘』은 15,336행
에 이르는 방대한 분량으로 십자군전쟁의 위업과 함께 여러 남녀 등장인물들의 애틋한
사랑 이야기로 유럽에서 오랫동안 인기를 끌었다.

옮긴이

김운찬

::

한국외국어대학교 이탈리아어과와 같은 대학의 대학원을 졸업하고 이탈리아 볼로냐 대
학교에서 움베르토 에코의 지도하에 화두(話頭)에 대한 기호학적 분석으로 박사 학위를
받았다. 현재 대구가톨릭대학교 교양교육원 교수로 재직하고 있다. 지은 책으로『현대
기호학과 문화 분석』,『신곡 읽기의 즐거움』,『움베르토 에코』가 있고, 옮긴 책으로 단테
의『신곡』과『향연』, 루도비코 아리오스토의『광란의 오를란도』, 체사레 파베세의『피곤한
노동』,『냉담의 시』, 엘리오 비토리니의『시칠리아에서의 대화』, 이탈로 칼비노의『교차된
운명의 성』,『팔로마르』, 프리모 레비의『멍키스패너』, 조반니 과레스키의『까칠한 가족』,
『신부님 우리 신부님』, 안토니오 타부키의『집시와 르네상스』,『사람들이 가득한 트렁크』,
움베르토 에코의『일반 기호학 이론』,『번역한다는 것』,『논문 잘 쓰는 방법』등이 있다.

한국연구재단총서 학술명저번역 서양편 **598**

해방된 예루살렘 ❸

1판 1쇄 펴냄 | 2017년 4월 10일
1판 2쇄 펴냄 | 2018년 10월 5일

지은이 | 토르콰토 타소
옮긴이 | 김운찬
펴낸이 | 김정호
펴낸곳 | 아카넷

출판등록 2000년 1월 24일(제406 2000 000012호)
10881 경기도 파주시 회동길 445-3
전화 | 031-955-9510(편집) · 031-955-9514(주문)
팩시밀리 | 031-955-9519
책임편집 | 이하심
www.acanet.co.kr

Printed in Seoul, Korea.

ISBN 978-89-5733-544-4 94880
ISBN 978-89-5733-214-6 (세트)

이 도서의 국립중앙도서관 출판예정도서목록(CIP)은
서지정보유통지원시스템 홈페이지(http://seoji.nl.go.kr)와
국가자료공동목록시스템(http://www.nl.go.kr/kolisnet)에서 이용하실 수 있습니다.
(CIP제어번호: CIP2017006967)